Moord in de Dom

Muziek in de Dom

De in het boek voorkomende muziekstukken zijn te beluisteren op de cd ***Muziek in de Dom***. Daarop zijn onder meer de volgende stukken te beluisteren:

Johann Sebastian Bach (1685-1750)
Het dubbelkorige motet BWV 225: ***Singet dem Herrn ein neues Lied.***

Hugo Distler (1908-1942)
Het motet opus 12 nr 1: ***Singet dem Herrn ein neues Lied.***

Gerald Henry Knight/Richard Woodward
Dubbelkorige Chant: ***Psalm 104 Praise the Lord, O my soul.***

Bovenstaande stukken worden uitgevoerd door het Koor van de Domcantorij onder leiding van Domcantor Remco de Graas, met in Psalm 104 orgelbegeleiding door Jan Hage, Domorganist vanaf juni 2011.

Onderstaande orgelwerken worden uitgevoerd door Jan Jansen, Domorganist tot juni 2011.

Johann Sebastian Bach (1685-1750)
Orgelconcert BWV 593: ***Concerto in a moll (naar Antonio Vivaldi opus 3 nr 8).***

Max Reger (1873-1916)
Opus 67 nr 3: ***Jauchz', Erd und Himmel, juble hell.***

De cd is uitgegeven door de ***Stichting Zaterdagmiddagmuziek Domkerk***, ter gelegenheid van het veertigjarig jubileum in 2011.

De cd ***Muziek in de Dom*** is verkrijgbaar in de winkel van de Domkerk en in muziek- en dvd-winkel Boudisque Classique, Vredenburg 31, Utrecht.

Op www.zaterdagmiddagmuziek.nl zijn fragmenten van de cd te beluisteren.

Rom Molemaker

Moord in de Dom

A.W. Bruna Uitgevers B.V., Utrecht

Deze uitgave kwam tot stand door bemiddeling van Marianne Schönbach Literary Agency.
Omslagbeeld
Glow Images/Getty Images
Omslagontwerp
Wil Immink Design

ISBN 978 94 005 0123 2
NUR 305

Bezoek onze internetsite www.awbruna.nl voor meer informatie over al onze boeken en dvd's.

Ter gelegenheid van het veertigjarig jubileum van de Utrechtse Domcantorij.

FSC www.fsc.org MIX Papier van verantwoorde herkomst FSC® C013683

Dit boek is gedrukt op papier dat het keurmerk van de Forest Stewardship Council (FSC) mag dragen. Bij dit papier is het zeker dat de productie niet tot bosvernietiging heeft geleid. Een flink deel van de grondstof is afkomstig uit bossen en plantages die worden beheerd volgens de regels van FSC. Van het andere deel van de grondstof is vastgesteld dat hiervoor geen houtkap in de laatste resten waardevol bos heeft plaatsgevonden. Daarom mag dit papier het FSC Mixed Sources label dragen. Voor dit boek is het FSC-gecertificeerde Munkenprint gebruikt. Dit papier is 100% chloor- en zwavelvrij gebleekt en wordt geleverd door Arctic Paper Munkedals AB, Zweden.

Vooraf

Op een maandagavond in de septembermaand van het jaar 1971 was ik, 25 jaar oud, in de sacristie van de Domkerk aanwezig bij de oprichting van de Domcantorij. Het was een gedenkwaardige avond, waarvan ik me herinner dat we die, staande op het hoogkoor, afsloten met het zingen van een Bachkoraal. Tot veel meer waren we zonder enige repetitie nog niet in staat.

Die avond markeerde het begin van een nieuwe aanpak van kerkmuziek in de Domkerk, binnen het Citypastoraat, dat het jaar daarvoor was opgezet. En spoedig hierna begon de inmiddels overbekende serie zaterdagmiddagconcerten, al jarenlang, tweeënvijftig zaterdagen per jaar, in het kader van de Open Dom.

Voor mij persoonlijk was het ook de start van iets nieuws, aangezien ik, wat de kennis van kerkmuziek betrof, zo groen was als gras.

Veertig jaar Domcantorij vertegenwoordigt een lange rij van zangers die zijn gekomen en weer gegaan.

Van de eerste groep, die van september 1971, ben ik de enige die nog lid is. De anderen zijn verdwenen, en in sommige gevallen ook niet meer in leven. Ik denk van tijd tot tijd met weemoed en respect aan hen terug.

Nieuwe leden kwamen, een voor een, zodat er na een tijdje sprake was van een nieuwe generatie Domzangers. Zij maakten op hun beurt weer plaats voor anderen. Zo heb ik een aantal generaties meegemaakt. Maar steeds was het die niet-aflatende verbondenheid die van de Domcantorij zo'n bijzondere groep maakt.

Of de generatie over wie in dit boek wordt verteld – een groep zangers die ongeveer acht jaar geleden actief was en wier namen hiernaast staan afgedrukt – werkelijk heeft bestaan, daar kunnen wij slechts naar gissen. Ik kan slechts zeggen dat ze me tijdens het maken van dit verhaal dierbaar zijn geworden, en dat ik ze, als ik soms niet in slaap kan komen, helder en duidelijk voor me zie.

Echter, tegen de mensen die tijdens het lezen van het boek op zoek gaan naar zichzelf, zeg ik dat ze dat geheel op eigen risico doen.

Rom Molemaker

De Domcantorij

Sopranen

Maria Aldewereld
Sanne Kelt
Thérèse Kalmthout
Julia Twijg
Agnes Waarhoven
Mirjam van Warmerdam
Carolien in 't Zand

Alten

Annemiek Deelen
Marie-José Delacourt
Greet Erkelens
Elline Teloor
Myrthe van den Yssel
Roos van Zweden

Tenoren

Vincent Brinkhof
Maarten Goverde
Wilbert Hessenstadt
Ilje Poorthoeder
Sander van Staa

Bassen

Jeroen Doremans
Arend Freriks
Reginald Lloyd
Ernst Peereboom
Peter Storm
Bernhard Tussendijks

Cantor

Corné Bregdaal

Organist

Remmelt Wijborch

1

In het jaar 1600, het jaar dat prins Maurits bij Nieuwpoort de grondslag legde voor het bekendste jaartal uit onze geschiedenis, overleed in Utrecht de Domkanunnik Otto Bloys van Treslong.

Zijn grafzerk was al klaar. Hij had in 1585 van het Domkapittel toestemming gekregen er een te laten maken en hij mocht daarbij gebruikmaken van de schuur bij het kapittelhuis, op voorwaarde dat hij eventuele schade aan het gebouwtje zelf zou herstellen. Of dat nodig is geweest is niet bekend, maar de zerk kwam af. In 1588, twaalf jaar voor zijn dood, stond Otto Bloys van Treslong naar zijn eigen grafsteen te kijken, met daarop afgebeeld een skelet – hijzelf, de dood? – omringd door wapenschilden met daaronder de dreigende spreuk Memento Mori, en het jaartal 1588.

De steen, twee meter lang en een meter breed, ligt nog altijd in de kooromgang van de Domkerk, in de straalkapel gewijd aan de heiligen Andreas en Pontianus. Weggesleten door de vele voetstappen van vierhonderd jaar zijn nog vaag het skelet, de opschriften en het jaartal zichtbaar.

Alleen nu niet. Het was alsof ik met een zwaar stuk hout tegen mijn borst werd geslagen. Ik hapte naar adem, op zoek naar geluid, naar lucht om te schreeuwen. Maar mijn keel zat potdicht. Misschien heb ik gekreund, ik weet het niet meer. Maar schreeuwen deed ik zeker niet. Op de grafzerk lag het lichaam van een jonge man, ruggelings uitgestrekt, met zijn ogen gericht op de gewelven boven hem. Het was Vincent Brinkhof. Een vijfentwintig jaar jonge, veelbelovende student muziekwetenschappen en tenor in de Domcantorij. Hij zou nooit meer zingen, en zijn ogen mochten weliswaar geopend zijn, nooit meer zou hij er iets mee registreren.

Hij was dood.

Ik stond naast de zerk en staarde naar Vincent. Ik weet niet meer hoe lang ik daar stond, roerloos. Ik kon alleen maar kijken, naar dat onbeweeglijke lichaam, naar het bloed bij zijn hoofd.

Ach Vincent, arme jongen. Zo jong nog, met een van de mooiste tenorstemmen die je je kon voorstellen. Populair bij het hele koor.

Ik liet me op mijn knieën naast hem zakken, en begon tegen hem te praten. Wat ik zei, weet ik niet. Zijn naam waarschijnlijk, steeds maar weer.

Ik keek naar hem en zijn opwaarts gerichte, lege ogen. Ik wilde ze dichtdrukken, maar ik durfde hem niet aan te raken. Om hem heen hing de zekerheid van geweld, hoe stil hij er ook bij lag. Hij was niet zomaar uitgegleden of gevallen. Hij was op die plek neergelegd nadat iemand hem om het leven had gebracht. Hij lag kaarsrecht uitgestrekt, zijn voeten keurig naast elkaar. Zijn handen lagen gevouwen op zijn borst. Iemand had hem daar zo neergelegd, of, beter gezegd, opgebaard. Zijn witblonde krullen kleurden rood en ook op de donkergrijze plavuizen lag een beetje bloed, net als in de voegen en de barsten in de stenen vloer. Met mijn ogen volgde ik het bloedspoor tot aan het hek waarachter zich de kleine buitendeur en de lift bevonden. Het moest bij het hek gebeurd zijn – enkele spijlen glommen van het bloed – en vervolgens was Vincent zorgvuldig op de zerk neergelegd. Het was een lugubere gedachte dat iemand daar de tijd voor had genomen. En waarom in godsnaam?

Het was na vijven en stil in de kerk. Om vier uur 's middags verdwijnen de laatste toeristen en gaan de deuren dicht. Ik blijf dan vaak achter, alleen, omdat ik ervan houd om midden in de geschiedenis te staan. Vandaag was ik aan het eind van de middag op het dak van de kerk geweest, om foto's te maken. Fotograferen is mijn hobby, en het dak van de kerk biedt een heel andere kijk op de directe omgeving. Daarna was ik de kerk weer ingegaan.

Maar deze keer was ik niet alleen. Vincent lag op de zerk van Otto Bloys van Treslong. Ik keek weer naar hem en voelde misselijkheid opkomen. Er was nog iemand geweest: degene die Vincent op de zerk van Otto Bloys van Treslong had neergelegd, nadat hij hem met zijn achterhoofd tegen de ijzeren punten van het hek had gesmeten.

Ik keek om me heen, terwijl ik mijn hart letterlijk in mijn keel voelde kloppen. Hóórde kloppen, bijna. Er brandde een kaars in de Kapel van het Heilige Kruis, licht flakkerend dankzij een nauwelijks waarneembare tochtstroom, zoals die er in kerken als de Domkerk altijd is. Dat lichtschijnsel had me naar de Gedachteniskapel gelokt. Als de kerk wordt gesloten en de medewerkers het gebouw verlaten, worden de lampen uitgedaan en de nog brandende kaarsen gedoofd. Maar vanmiddag moest iemand recent weer een nieuwe kaars hebben aangestoken, omdat deze nog maar een klein stukje was opgebrand.

Wat had Vincent hier te zoeken gehad? Wie had de kaars aangestoken? Hijzelf? Dat geloofde ik niet.

Iemand anders moest dat gedaan hebben. Degene die hem had neergelegd. Het vertoonde alle kenmerken van een ritueel. Na de brute moord had iemand de dode met zorg behandeld. Alsof hij iets goed wilde maken. Of misschien had iemand zijn daad op de een of andere manier willen rechtvaardigen. Bij het hek had hij misschien nog even omgekeken om zijn werk in ogenschouw te nemen, en daarna was hij zwijgend weggegaan.

Of niet.

Ik realiseerde me met een schok dat de dader nog in de kerk kon zijn. Ik was plotseling binnengekomen waardoor ik hem misschien had verrast. Ik zat met ingehouden adem op mijn knieën naast de zerk. Er hing een suizende stilte, nu en dan verbroken door een auto die buiten door de Domstraat reed. In de kerk was geen teken van leven te bespeuren.

Het bezorgde me een buitengewoon onbehaaglijk gevoel. De kerk was opeens een groot, open graf geworden, met een kleine lichtkring rond de brandende kaars. Daarbuiten heersten de schaduwen. Er waren zoveel plaatsen waar je je kon verschuilen.

Ik probeerde zo geluidloos mogelijk op te staan, maar mijn kniegewricht knakte duidelijk hoorbaar. Ik bleef doodstil staan, mijn armen roerloos langs mijn lichaam, en ademde zo oppervlakkig mogelijk. Ik liep naar links, tot aan het grafmonument van Joris van Egmond en keek om het hoekje van de gouden boog de kerk in. Niemand. Het laatste restje licht van de vertrekkende dag schemerde door de hoge spitse ramen en deed de orgelpijpen, helemaal aan de overkant van de kerk, bleek oplichten. Een spookachtig effect, waardoor ik me nog minder op mijn gemak voelde.

Ik vond het nooit onaangenaam om alleen in de lege Domkerk te zijn. Ik vond lege ruimtes zeer rustgevend en daardoor prettig om in te verblijven. Maar nu was ik niet alleen. Achter me lag een dode zanger van de Domcantorij en ergens voor me bevond zich misschien zijn moordenaar. Even meende ik het gekraak van een deur te horen, en ik verstijfde.

Maar het bleef stil, en ik liet mijn adem ontsnappen. In de kerk zijn wel meer geluiden te horen, die normaal gesproken niet opvallen, hield ik mezelf voor. Luchtdicht is zo'n gebouw nooit, en er is altijd wel beweging. Toch bleef ik – weer een eeuwigheid – doodstil staan. De tijd ging buiten mij om.

Er bewoog niets. Ik moest het licht aandoen, maar om bij de schakelaars te komen moest ik de halve kerk door, naar de kapel van Sierck. Ik wilde het opeens veilige kaarslicht niet verlaten, maar realiseerde me tegelijkertijd dat het me zichtbaar maakte. In een paar stappen was ik bij de kaars en blies hem uit. Ik rook de geur van de gedoofde lont, het donker sloeg onverbiddelijk toe. Ik haalde diep adem en liep de koorom-gang door, slechts begeleid door het schijnsel van de kleine groene lampen die de nooduitgangen aangaven. Die lampjes waren er alleen maar om gezien te worden, niet om licht te verspreiden.

Ik moest de grote lichten aandoen, mensen bellen, handelend optreden. Niets voor mij.

In films doen mensen dat zomaar: ze liggen op bed en horen beneden een insluiper. Dan staan ze op om te gaan kijken.

Honkbalknuppel in de hand, of iets ergers. Gespannen maar onbevreesd.

Nou, mij niet gezien. De band om mijn borst benam me bijna de adem, laat staan dat ik met ferme stem 'Is daar iemand?' zou kunnen roepen. Maar er zat niets anders op. Ik kon moeilijk de rest van de avond en de nacht in de Gedachteniskapel blijven staan.

Ik liep langs het Heilige Graf en langs het lichaam van Vincent. Ik bleef zo dicht mogelijk bij de muur, en liep – onhoorbaar naar ik dacht – naar de kapel van Sierck.

Niemand.

De deur naar de schakelkast was op slot, maar ik had de sleutel. In het halfdonker vond ik het sleutelgat en even later de lichtschakelaars. De lampen in de kooromgang gingen aan en de duisternis maakte dat hij wegkwam.

Het maakte alle verschil van de wereld. De onbekende dader kon nog steeds in de kerk zijn, maar die was nu verlicht. Mij kon niets gebeuren. Met ferme pas liep ik terug, het kleine ijzeren hek door, en opende de deur van de lift naar het secretariaat. De nummers van de mensen die ik moest bellen bewaarde ik boven.

Ik voelde me duizelig worden. Dat geregel was niks voor mij. Ik was niet geschikt voor leidinggevend of organisatorisch werk. Duidelijke taakomschrijvingen, daar kon ik wat mee.

Er zat niets anders op. Ik moest een paar beslissingen nemen.

De koster, maar eerst de politie. Ik wist het nummer niet uit mijn hoofd, maar ik wist dat het nummer van de politie op de telefoonlijst stond.

En ik moest Gert, de broer van Vincent, bellen. Ik kon dat aan de politie overlaten, maar Gert was mijn vriend. Hij woonde op een zolder aan de Nieuwegracht, vlak bij de Domkerk. Hij speelde trompet en hij schnabbelde heel wat af. Die middag had hij nog met zijn blazersensemble in de kerk gespeeld. Een kort, informeel concert voor de bewoners van een jubilerend bejaardentehuis. Het was een feestelijk halfuur geweest, met muziek van Michael Praetorius en Kurt Weill: een wonderlijke combinatie, maar voortreffelijk uitgevoerd. Ook Vincent was er bij geweest, vrolijk en enthousiast als altijd.

Het telefoonnummer van Gert had ik wel, maar ik stelde het gesprek met hem nog even uit.

Zoals gewoonlijk nam ik de lift, die is ingebouwd in het voormalige trappenhuis naar het secretariaat, ruim de tijd om het hoogteverschil tussen de begane grond en het secretariaat te overbruggen. Ik staarde naar het mededelingenbord op de wand tegenover me. Ik zag roosters, de aankondiging van een examenconcert, een trouwkaart. Allemaal mededelingen uit de normale wereld, die even heel ver weg was.

Ik schudde mijn hoofd, nog steeds verbijsterd over wat er was gebeurd. Buiten, vanaf het dak van de kerk, lag de stad er in het late herfstige daglicht vredig bij. Met slechts de duiven om me heen had ik de wereld beneden me laten rusten, en foto's gemaakt van de toren, de pinakels en de steunberen. Van de Domstraat, met aan het einde ervan de Janskerk. Rond die tijd was Vincent gestopt met zingen. Hij zong altijd: op repetities en concerten natuurlijk, maar vaak liep hij zomaar wat voor zich uit te zingen. Als hij door de kerk liep, of op straat. Liedjes, toonladders, stukjes van koralen of aria's. Adem heb je niet om te lullen, maar om te zingen, zei hij vaak.

De lift kwam met een schok tot stilstand en ik duwde de deur open. Het secretariaat was onverlicht, maar door de lage spitsboogvensters kwam het licht van de straatverlichting naar binnen. Ik liep naar de telefoonlijst die op een van de vensterbanken lag.

Johan de Vlieger, de koster, stond bovenaan, ik belde hem als eerste. Het zou handig zijn als hij er zou zijn als de politie arriveerde.

'Dood?' zei hij. 'Hoe kan dat nou?'

'Kom maar kijken, als je wilt.' Het kwam er bitser uit dan ik bedoelde. 'En als je snel bent, ben je hier eerder dan de politie. Die ga ik nu bellen.'

Ik verbrak de verbinding en belde toen de politie. Dat was nog het makkelijkst. Die zouden niet opkijken van een moord.

Maar dan Gert.

Alsof ik tegen een steile wand moest opklimmen. Ik kende hem beter dan ik Vincent kende en kwam al jaren bij hem over de vloer. Ik was eens met hem aan de praat geraakt in een antiquariaat, waar we allebei tussen de oude boeken aan het snuffelen waren. En toen hij opeens ook een keer meedeed met een zaterdagmiddagconcert in de Domkerk, werd het contact verstevigd. Ik kwam regelmatig bij hem langs. We voerden lange gesprekken over muziek, over oude boeken, de rode wijn binnen handbereik. Hij was de enige bij wie ik me echt op mijn gemak voelde.

Maar die gesprekken waren niets vergeleken bij wat ik hem nu moest vertellen. Wat er was gebeurd was niet mijn schuld, maar ik zou hem pijn moeten doen. Ik zou het aan de politie kunnen overlaten, maar dat stond onze vriendschap niet toe.

Hoe moest ik het hem vertellen? Zo voorzichtig mogelijk, maar hoe deed je dat? 'Ik heb een slecht bericht voor je,' zoiets. 'Ik ben bang dat ik slecht nieuws voor je heb.' En hierna Vincents naam noemen. Dan moet het wel duidelijk zijn. Maar ik wilde het niet, ik wilde niet degene zijn die hem die boodschap bracht.

De politie.

'Waar zei u? Bij de Domkerk?'

'Nee, ín de Domkerk.'

'Hè?'

'Ja,' zei ik verontschuldigend. 'Ik kan er ook niets aan doen.'

'Een dode? Weet u het zeker?'

'Ik weet het zeker,' zei ik.

'En uw naam?'

'Peter Storm.'

'Nou, meneer Storm, ze komen eraan. Blijft u ter plaatse?'

'Dat dacht ik wel, ja.'

'Nergens aankomen, tot onze mensen er zijn. U hebt toch niets aangeraakt, hè?'

'Nee, niets.' Ik kende mijn detectiveseries.

Ik verbrak de verbinding en toetste het nummer van Gert in.

Misschien is hij niet thuis, dacht ik. Misschien moet hij nog ergens spelen, of zitten ze met de hele club in de kroeg. Koperblazers en bier, een gekende combinatie.

Maar hij nam bijna direct op, alsof hij naast de telefoon had zitten wachten.

2

Toen ik weer beneden was, kwam de koster binnen. Hij kwam gejaagd op me af. Zijn kale hoofd glom van het zweet, wat vrij ongewoon was. Johan de Vlieger was normaal gesproken buitengewoon rustig, op het trage af. Niet haasten, zei hij altijd. Gewoon op tijd vertrekken. Maar deze keer was er van die rust niet veel te merken.

'Waar eh, waar is hij?' vroeg hij gespannen. 'Waar ligt hij?'

Ik wees in de richting van de straalkapellen en liep met hem mee. Bij het lichaam in het begin van de bocht bleef hij staan. Hij staarde verbijsterd omlaag.

'Godsamme,' zei hij, tamelijk godslasterlijk voor zijn doen. 'Wat nu?'

'Niks,' zei ik. 'Wachten tot de politie komt.'

'Heb je... o ja, dat zei je. Duurt dat nog lang?'

'Ze komen eraan, zeiden ze.'

'Heb jij het licht aangedaan?' Hij keek om zich heen.

'Ik wilde kijken of er nog iemand in de kerk was.'

'In de kerk wa...? Hij stopte abrupt en keek schichtig om zich heen. 'Je bedoelt...?'

'Ik bedoel dat degene die dit heeft gedaan' – ik wees naar Vincent – 'misschien nog niet weg was.'

Hij keek me aan met iets van ontzag in zijn blik. Alsof ik de held van de dag was.

'Niemand?' vroeg hij.

'Nee, niemand.'

De politie arriveerde: twee agenten in uniform, en even later twee rechercheurs in burger. Jonge mannen nog, die zonder veel omhaal het heft in handen namen. De rechercheurs stelden zich voor als Posthumus en DeBildt. Capabele mannen, zo op het eerste gezicht. Op hun gemak en toch snel, als het moest.

De agenten in uniform gingen de kerk in, voorafgegaan door de koster.

Posthumus keek naar het lichaam en nam alles in zich op. Ik zag dat hij nadacht over de manier waarop Vincent er bij lag.

'Uitgemaakte zaak, lijkt me,' zei hij. Hij droeg een kort bruinleren jack en een spijkerbroek, beide allang niet nieuw meer maar vooral comfortabel waarschijnlijk. Zijn nieuwe sportieve schoenen van een of ander trendy merk staken er opvallend bij af. Hij streek zijn halflange, blonde haar naar achteren, terwijl hij naast Vincent neerhurkte. 'Moord.' Hij keek naar mij.

'Kent u hem?'

Ik knikte.

'Wie is hij?'

'Vincent Brinkhof.'

'Wat deed hij in de kerk?'

'Hij is zanger, in de cantorij… het koor.'

Hij pakte zijn mobiel. 'De mensen van de technische dienst naar de Domkerk,' zei hij. 'En een ambulance. Ik heb hier een dode man… Ja, honderd procent.'

DeBildt stond er zwijgend bij en Posthumus stond op. 'U bent dus degene die heeft gebeld, meneer… Storm, was het hè? Hebt u hem gevonden?'

Ik knikte.

'Werkt u hier?' Hij keek me vriendelijk aan.

'Niet echt,' zei ik. 'Ik zing in de cantorij en ik verzorg de muziek.'

'De muziek?'

'De bladmuziek.'

Hij knikte. 'En,' zei hij, nog altijd vriendelijk, 'doet u dat ook op zondagmiddag?'

Ik probeerde even vriendelijk terug te kijken, maar mijn hoofdhuid prikte.

'Meestal niet op zondagmiddag,' zei ik. 'In elk geval niet vandaag.'

'O?'

'Ik was op het dak,' zei ik, veel zenuwachtiger dan ik wilde.

'Op het dak nog wel.' Zijn blik verstrakte. Er sloop onbegrip in, ongeloof ook.

'Het is echt de moeite waard,' zei ik. 'Ik was het al een tijd van plan. Je kunt daar mooie foto's maken, weet u.'

'U fotografeert?'

'Ja. Gewoon voor mezelf, voor de aardigheid.'

'En alles digitaal, natuurlijk.'

'Natuurlijk.'

'Interessant. Ik zou die foto's wel eens willen zien, straks.' Hij was er zeker van dat ik er straks nog zou zijn, zo zei hij het. 'Maar als ik het even op een rijtje mag zetten: u bent hier in de kerk bezig, en u denkt: kom, ik ga het dak eens op, om daar foto's te maken.'

Hij vroeg het heel gewoontjes, maar zijn collega DeBildt keek eventjes opzij, waarna hij weer verderging met het bestuderen van de omgeving, waarbij hij zachtjes tussen zijn tanden floot. Hij was kleiner dan Posthumus, had stekeltjeshaar en eenzelfde kalme uitstraling als zijn collega, die overigens duidelijk de leiding had.

De koster stond inmiddels een meter of tien bij ons vandaan. Hij was zichtbaar ongelukkig met de situatie. De Vlieger was gewend om de touwtjes in handen te hebben, en nu was hij, behalve geschokt door Vincents dood, ook nog alle controle kwijt.

'Ik was het al een tijd van plan,' zei ik kortaf. 'En vandaag was het licht precies goed. Er is een trap waar je op moet als je naar de balgenkamer wilt en waar ik toegang toe heb, zoals ik u al zei, dus ik dacht...'

'Wat zei u?' Hij onderbrak me. 'De balgenkamer?'

'De ruimte achter de muur waar vroeger het orgel hing. We bewaren er nu de bladmuziek.'

Er klonken stemmen bij de buitendeur, en Posthumus keek op zijn horloge.

'Daar zul je de forensische dienst hebben,' zei hij. 'Balgenkamer, grappig.'

Het was niet de dokter, maar Gert Brinkhof. Door de telefoon had hij met een ontstelde kreet gereageerd, verder niets. Toen ik had gezegd dat hij maar beter kon komen, had hij zonder een woord de verbinding verbroken.

Ik liep op hem af en keek hem hulpeloos en zwijgend aan. Ik wilde een hand op zijn schouder leggen, hem vastgrijpen. Maar hij keek langs me heen en duwde me opzij. Posthumus, die meegelopen was, stond achter me.

'U bent de dokter niet,' zei hij.

'Dit is de broer van Vincent Brinkhof,' zei ik. 'Ik heb hem gebeld.'

De afkeuring verdween uit de blik van Posthumus en hij haastte zich om zijn hand uit te steken.

'Mijn deelneming,' zei hij. 'Heel erg, dit.'

Gert knikte stom en bleef staan.

'Volgt u mij, alstublieft.' Posthumus draaide zich om en liep weer naar de kooromgang. We volgden hem. Gert liep naast me en ik keek opzij. Hij keek voor zich uit, zijn gezicht lijkwit afgetekend tegen de donkere schaduwen. Toen we bij Vincent aangekomen waren, liet hij zich op zijn knieën zakken. Hij staarde vol ongeloof en afschuw naar het levenloze gezicht van zijn broer. Zijn blik dwaalde over het bewegingloze lichaam. Hij stak zijn hand uit en drukte Vincents ogen dicht. Toen stond hij op. Hij keek me aan en de ontzetting in zijn ogen was angstaanjagend.

'Wie heeft dit gedaan?' Hij schreeuwde het bijna uit. 'Wie heeft dit godverdomme gedaan?' Het was een wanhopig gebed, en zijn stem sloeg over bij het laatste woord. Zijn wanhoop en woede weergalmden tegen de muren, tegen de gewelven hoog boven ons, en vulden de kerk tot in de verste uithoeken. En toen de ergste woede was weggestorven, bleef de wanhoop over. Hij prevelde iets, geluidloos, en ik kon zien dat zijn lippen de naam van zijn broer vormden, steeds maar weer, als een onhoorbare litanie. Net zoals ik eerder, waarschijnlijk onbewust, had gedaan.

Ik stond daar maar, terwijl ik met een machteloos gebaar mijn schouders ophaalde. Er was niets dat ik kon doen, niet voor hem, niet voor zijn broer.

Weer klonken er stemmen.

'Daar zijn ze.' Posthumus stond weer op scherp. 'Of hebt u nog meer mensen gebeld?'

'Nee.' Ik schudde mijn hoofd. 'Had dat gemoeten?'

'Van mij niet. Misschien mensen van de kerk?'

'Ja, natuurlijk.' Ik zuchtte. 'Nu?'

'Nee, ik wil graag eerst een paar vragen stellen, als u het niet erg vindt.' Hij draaide zich om naar Gert, die inmiddels was opgestaan, maar zijn blik nog altijd op zijn broer gericht hield. 'U ook,' zei hij. 'Als u het kunt opbrengen.'

Gert bleef bewegingloos staan, tot ik hem aanstootte. Hij schrok op.

'Lukt dat, denkt u?'

Gert keek hem niet-begrijpend aan.

'Kun je een paar vragen beantwoorden?' vroeg ik, in plaats van Posthumus.

Hij knikte stom.

Ik zag een paar figuren in witte overalls, met groene haarnetjes op en witte slofjes om hun voeten naar ons toe komen.

'De forensische dienst,' zei Posthumus. 'En de dokter.' Hij begroette een kort dik mannetje met een dokterstas, en wees naar het lichaam op de grond. 'Ga je gang.'

Het was alsof we naar een voorstelling van verklede figuren keken, die allerlei onbegrijpelijke handelingen uitvoerden. We stonden daar maar alsof we er niet bij hoorden.

'Kom,' zei Posthumus tegen ons.

Ik nam Gert bij zijn arm en leidde hem bij zijn broer vandaan, terwijl de politiemensen onbewogen en professioneel met hun camera's en andere hulpmiddelen aan de slag gingen. Na zijn uitbarsting, even tevoren, was Gert weer wat gekalmeerd. Zijn houding en de blik in zijn ogen hoorden nu bij een verslagen bokser, en ik had ontzettend met hem te doen. Posthumus, die voor ons uit was gelopen, was bij de deur van de sacristie blijven staan, waar hij een plattegrond bekeek van het middeleeuwse Utrecht. Hij draaide zich om, misschien om er een vraag over te stellen, maar toen zijn blik weer op Gert viel, zweeg hij. Posthumus was tijdelijk een meevoelende, vriendelijke man, vol begrip, die zijn opmerkzaamheid en zijn registratievermogen voor even naar de achtergrond had verdrongen.

We gingen de sacristie binnen.

'Lukt het wel, denkt u?' vroeg Posthumus aan Gert.

'Jawel.' Hij haalde diep adem. 'Het gaat wel.'

Posthumus keek me even aan. 'We willen graag met meneer onder vier ogen praten,' zei hij. 'Als u het niet erg vindt...' Hij maakte een hoofdgebaar naar de deur.

'Natuurlijk,' zei ik. 'Zal ik nu dan maar even wat mensen gaan bellen?'

'Doet u dat maar.'

Met een blik op Gert, die zwijgend naar het tafelblad staarde, verliet ik de sacristie en sloot de deur achter me. Johan de Vlieger stond nog steeds op dezelfde plek, alsof iemand hem had gezegd dat hij absoluut niet mocht bewegen.

'Wat gebeurt er nu?' vroeg hij. 'Moet ik iets doen?'

'Zolang ze daar bezig zijn niet,' zei ik. 'Hoewel, misschien kun je een paar mensen bellen. De dominee, en misschien iemand van de kerkenraad.'

'Goed.' Hij fleurde er zowaar van op, zichtbaar blij dat hij zich nuttig kon maken, en hij nam de lift naar boven.

Ik dwaalde een tijdje doelloos door de kerk, maar vermeed de plek waar Vincent lag. De professionele en onpersoonlijke handelingen bij zijn lichaam, waarvan ik wist dat ze noodzakelijk waren, wilde ik niet zien. Na een tijdje liep ik terug naar de sacristie, en ik ging in een van de ondiepe nissen naast de deur zitten.

Ik had het met eigen ogen gezien, ik was degene die Vincent had gevonden. En toch had ik moeite te geloven dat hij dood was. Meer dan dat: ik kon niet geloven dat iemand hem had doodgemáákt. Het was zo absurd, dat ik er niet logisch over kon nadenken. De vragen stapelden zich op. Wie had dit op zijn geweten, in godsnaam? En met welke reden?

De deur ging open en DeBildt kwam in het gezelschap van Gert naar buiten.

'Mijn collega wil nu graag even met u praten,' zei hij

Ik keek naar Gert, die nog steeds in een andere wereld leek te verkeren.

'Gaat u maar,' zei DeBildt. 'Ik ontferm me wel over meneer hier.'

Ik ging de sacristie binnen. Posthumus zat nog op dezelfde plek en hij bestudeerde de bladzijden van een notitieboekje dat hij in zijn hand had. Hij nodigde me met een handgebaar uit om te gaan zitten en keek me aan.

'Ik hoor dat meneer Brinkhof, het slachtoffer, homoseksueel was,' begon hij plompverloren.

'Ja,' zei ik.

'En hij had geen vaste partner, klopt dat?'

'Voor zover ik weet niet.'

'Hoe dachten de andere koorleden over hem? Waren er mensen die een uitzonderlijke hekel aan hem hadden?'

Ik schudde mijn hoofd. 'Hij was populair,' zei ik.

'Bij iemand in het bijzonder? Of was er iemand met wie het contact verder ging dan alleen maar populair zijn?'

Ik aarzelde. Maria, natuurlijk. Iedereen had Vincent regelmatig met haar gezien. In de pauzes van de koorrepetities stonden ze vaak met zijn tweeën te praten, en zo nu en dan verdwenen ze, de kerk in. Niet langer dan een paar minuten, maar toch. Maria was getrouwd. Ik had haar man wel eens gezien bij een concert. Helemaal geen type dat je aan haar zijde zou verwachten.

Er hing een waas van heimelijkheid en vertrouwelijkheid om het contact tussen Vincent en Maria en hoewel ze ervoor zorgden dat niemand hen kon verstaan, was van veraf duidelijk te zien dat hun gesprekken niet altijd over koetjes en kalfjes gingen. Daarvoor hoefde je niet te kunnen liplezen. Vincent mocht dan homo zijn, maar er had tussen hem en Maria een mate van intimiteit bestaan, waaruit ik soms dacht te kunnen opmaken dat Vincent ook op vrouwen viel. Ik had het hem wel eens gevraagd, maar hij had er niet duidelijk op geantwoord. Hij had gezegd dat het leven soms bijzondere verrassingen kende. Met zo'n lachje in zijn ogen, waarop ik alleen maar een beetje onduidelijk had kunnen hummen.

Iets weerhield me ervan Maria's naam te noemen. Ik wilde niemand van ons in moeilijkheden brengen, zeker Maria niet.

'U aarzelt?'

Ik schudde mijn hoofd. 'Het is niets,' zei ik. 'Ik moet niet zomaar iets insinueren. Dat lijkt me niet verstandig.'

'Doet u het toch maar.'

'Nee, nee,' zei ik. 'Het is echt niets.'

Maria, daar kon je niet zomaar omheen, dat was het gevoel dat ik de eerste keer dat ze binnenkwam, een half jaar geleden, kreeg.

Ik was aan een tafel achter in de sacristie koorpartijen aan het nummeren, toen ze opeens voor me stond. Ik moet er nogal onnozel hebben uitgezien, zoals ik haar met open mond aanstaarde.

Maria is een vrouw waar mannen automatisch naar kijken. Het soort kijken dat in veel gevallen wordt gevolgd door toenaderingspogingen en foute verzinsels.

Dat riep ze op, en toen ik me haastig weer over mijn werk boog, veegde ik met mijn hand per ongeluk een stapel bladmuziek van tafel. Ik bukte me om die op te rapen en stootte mijn hoofd keihard tegen de rand van het tafelblad. 'Kut!' zei ik, en ik kwam overeind, met mijn ene hand tegen mijn achterhoofd en met de bladmuziek in de andere.

'Kan ik helpen?' Ze was recht tegenover me gaan zitten. Ik keek van dichtbij in haar groene ogen. Dat dacht ik, groen, maar ik ben niet goed in kleuren. Grijze ogen, dat kan ook.

'Het gaat al,' zei ik.

'Iemand zei dat ik naar u toe moest.'

'Je.'

'Sorry?'

'Geen u, maar je.'

'O, oké. Maar klopt dat, van de muziek?' Ze keek naar de stapeltjes op de tafel en lachte.

Dat moest ze nou niet doen, zo naar me lachen. Ik voelde tot mijn ergernis dat ik rood werd.

'Val je in?' vroeg ik, zakelijk.

'Nee.' Ze schudde haar hoofd, en haar pikzwarte krullen dansten vrolijk mee. 'Ik word lid.'

'Dan moet je een nummer hebben.'

'Nou, dat lijkt me wel wat.'

Niemand zou op het idee komen om haar als een nummer te zien, maar het 'leek haar wel wat'.

'Voor op je muziek,' zei ik. 'Hetzelfde nummer als op je koorkleed.'

'Doe jij dat ook? Koorkleden?'

'Nee, dat doet Agnes.' Ik keek langs haar heen, wat niet meeviel, en zag dat Agnes aan de andere kant zat te praten met Julia, haar buurvrouw bij de alten. 'Die daar, met dat korte haar en die bril.' Ik wees haar aan.

'Dan ga ik eerst maar even naar haar toe, en dan kom ik weer bij je terug.' Ze stond op. 'Ik heet Maria,' zei ze. 'Maria Aldewereld.'

'Peter Storm,' zei ik.

Ze glimlachte nog een keer voordat ze zich omdraaide. Ik staarde haar stom en onbeholpen na. Zo was Maria, met haar gretige, berekenende, in veel gevallen onvoorspelbare manier van doen. Toch kon ik me met geen mogelijkheid voorstellen dat ze iets met de dood van Vincent te maken had. Wat ze ook was, gewelddadig was ze niet, daar stak ik mijn hand voor in het vuur.

Al moet je daar natuurlijk altijd voorzichtig mee zijn.

3

‘Tja, meneer Storm,’ zei adjudant Posthumus. ‘Aangezien u alleen maar zaken hebt kunnen bedenken die niet van belang waren, gaan we nu alles nog even langs.’

‘Alles langs?’

‘Alles wat wel belangrijk is. Hoe het u is vergaan, vanaf… Hoe laat sluit de kerk?’

‘Vier uur.’

‘Vanaf vier uur dan.’

Ik vertelde het hem precies, stap voor stap deze keer, in de goede volgorde. Om ongeveer half vijf, toen iedereen – dacht ik – weg was, was ik de trap opgegaan naar de balgenkamer, maar had die gelaten voor wat die was, net als het triforium, de smalle kooromgang vijftien meter boven de kerkvloer. Ik was verder geklommen tot aan het bovenste deurtje, bij de daklijst. Ik had buiten een tijdje rondgescharreld, hoog boven de straat, en foto’s gemaakt, totdat het te donker werd. Daarna had ik op de terugweg in de balgenkamer wat muziek opgeruimd, en rond een uur of vijf was ik weer beneden. Ik was nog een keer de kerk doorgegaan, door de kooromgang. Het vaste ritueel, de namen lezend op de grafzerken met alleen het geluid van mijn eigen voetstappen om me heen. Op zo’n moment was de kerk even van mij.

Ongeveer bij de deur naar het theehuis en de winkel was me het schijnsel opgevallen van de kaars die brandde in de Gedachteniskapel. Die moest iemand vergeten zijn uit te doen, dacht ik. Toen ik net de gouden boog van het grafmonument van Bisschop Joris van Egmond was gepasseerd, had ik de donkere omtrekken van het lichaam gezien, zo’n meter of zeven, acht verderop. In eerste instantie had ik gedacht dat het een jas was, of een kleed. Maar toen ik dichterbij kwam, zag ik dat ik me daarin vergist had.

'Dat was het,' zei ik ten slotte.

'Tja.' Posthumus zoog op zijn tanden. 'Toen u naar boven ging, was er toen nog iemand in de kerk? Hebt u meneer Brinkhof bijvoorbeeld nog gezien?'

'Ik ging ervan uit dat ik alleen was,' zei ik. 'Maar ik heb niet rondgekeken.'

'Maar logischerwijs was hij er wel.'

'Was wie er wel?'

'Meneer Brinkhof.'

Ik staarde voor me uit. Het drong langzaam tot me door dat ik alles had kunnen voorkomen. Als ik eerder naar beneden was gegaan. Als ik die laatste foto's niet had genomen. Als ik die muziek niet nog even had opgeruimd, als ik toevallig door het smalle raampje in de balgenkamer de kerk in had gekeken. Wat ik wel eens deed. Maar vandaag niet, omdat er toch niemand was. Dacht ik. Als ik wel gekeken had, had ik Vincent misschien nog gezien, of zijn moordenaar. Het was vlakbij gebeurd, meters onder het dak, en ik had niets doorgehad.

Ik schudde het van me af.

'Wat schudt u?' vroeg Posthumus.

'Een zinloze gedachte,' zei ik.

'Is dat een gewoonte van u?'

'Hoezo?'

'Iets bedenken dat zinloos is en onbelangrijk?'

Ik haalde mijn schouders op. 'Als u verder niets heeft,' zei ik, 'zou ik nu graag naar Gert Brinkhof toe gaan.'

'Nog één vraag,' zei hij. 'Degene die als laatste de kerk verlaat, zet het alarm aan. Er is toch een alarm? Met een cijfercode en zo?'

'De laatste, ja,' zei ik. 'Geen code, maar een sleutel.'

'Maar hoe weet je dat je de laatste bent, in zo'n groot gebouw?'

'In het halletje bij de zijdeur, waar u bent binnengekomen, hangt een bord met de namen van alle functionarissen erop, met naast elke naam een rode knop. Als die naar links is geschoven, betekent dat, dat die persoon nog in de kerk is.'

'Hebt u een eigen knop?'

'Medewerker kerkmuziek.'

'Dus die knop was naar links geschoven?'

'Ja, dat...' Ik stopte. Dat was raar. Degene die als laatste de kerk had verlaten, die dat althans had gedacht, hoefde het alarm niet in te schakelen, omdat mijn knop nog naar links stond. Als je ervan uitging dat dat de moordenaar moet zijn geweest, had hij dus geweten dat ik nog binnen was. Toch had hij de tijd genomen om zijn ritueel uit te voeren. Dat was wel erg koelbloedig.

'Interessant, nietwaar?' Posthumus had hetzelfde bedacht als ik. 'Merkwaardig. Een ijskoude moordenaar, zou ik zeggen.'

'Of het was iemand die niet bij de kerk hoort,' zei ik. 'Die geen weet had van het alarm.'

'Compliment.' Hij stond op. 'Dat is een goede analytische gedachte.'

Ik kon niet aan hem zien of hij het meende of dat het sarcastisch was bedoeld. Ik stond ook op.

'Bent u hier deze week nog?' vroeg hij.

'Morgen,' zei ik. 'In elk geval ergens in de middag.'

'Dan ziet u me wel even verschijnen.'

Hij knikte me minzaam toe. Hij wilde langer met me praten, mij nader ondervragen. Hij was nog lang niet met me klaar.

Gert zat in een nis bij de deur, samen met DeBildt. Toen we uit de sacristie kwamen, stond DeBildt op.

Ik liet hem en Posthumus uit. De twee agenten hielden toezicht op het aanstaande vertrek van Vincent, per ambulance.

'Vergeet uw rode knop niet,' zei Posthumus, toen hij naar het bord aan de muur keek. Ik knikte. Johan de Vlieger was naar beneden gekomen. Hij had verschillende mensen gebeld, zei hij.

Gert was blijven zitten waar hij zat. Hij keek me bijna hoopvol aan. Hij bevond zich waarschijnlijk nog in het stadium dat hij verwachtte dat iemand op hem af zou stappen om te zeggen dat het allemaal een vergissing was. Dat ik zou zeggen dat Posthumus en ik hadden besloten dat er helemaal niets was gebeurd.

Ik ontweek zijn blik en troonde hem mee naar de uitgang. Er stond een kring toeschouwers rond de ambulance. Ze stonden zwijgend bijeen, en ze strekten hun halzen om te zien wie er naar buiten kwam. Als een rij gieren, broeierig voor zich uit kijkend, wachtend op hun kans.

We gingen naar rechts, achter de Domkerk langs, over de Pausdam, en toen de Nieuwegracht op. Die is smal, en het water ligt, zoals in alle grachten in Utrecht, meters beneden straatniveau. Aan de straatkant staan ijzeren hekken, want een misstap mag dan geen nat pak opleveren, maar wel een doodsmak op de stenen van de werf, beneden aan de gracht. Op zonnige dagen in het voorjaar en de zomer zijn de werven aan de Oudegracht volgebouwd met de terrassen van eethuisjes, maar hier niet. De Nieuwegracht is, al zou je dat aan de naam niet zeggen, veel rustiger, veel meer in zichzelf gekeerd. Er zijn geen winkels en de straat is smal, zodat er weinig verkeer is. Op deze herfstachtige avond was het er uitgesproken stil. Alleen voor de ingang van een dansschool stonden een paar jongens met basketbalpetjes op zwijgend voor zich uit te kijken. De rook van hun sigaretten kringelde om hen heen en loste op in de nevel boven de gracht. Zo nu en dan viel er een blad van een boom.

We gingen met zijn tweeën naar Gerts huis. Ik keek zo nu en dan opzij. Hij zweeg. Met de handen in de zakken van zijn jack liep hij met oplettende, bedachtzame passen over de ongelijke stoepen. Alsof hij al zijn concentratie nodig had om niet te struikelen. Achter ons speelde het carillon van de Dom het halve uur.

Toen we bij zijn huis waren aangekomen, haalde hij zijn sleutelbos tevoorschijn. Nauwkeurig kijkend, zijn hoofd schuin om het licht van de straatlantaarn vlakbij op te vangen, ging hij een voor een zijn sleutels langs, tot hij de goede had gevonden. Maar toen hij hem in het slot wilde steken, trilde zijn hand zo erg, dat hij het niet voor elkaar kreeg. Ik deed al een stap naar voren om de sleutel van hem over te nemen, maar de bos viel uit zijn handen. Hij bukte zich om hem op te rapen, maar in dezelfde beweging stootte hij zijn hoofd krachtig tegen de voordeur.

Dat brak het dunne laagje van zijn zelfbeheersing, dat hem tot dan toe op de been had gehouden. Hij zakte op handen en knieën op de stoep en huilde geluidloos. Zijn tranen spatten uiteen op de dunne lijntjes, de afdrukken van fossielen in de blauwe harde steen. Ik boog me over hem heen en legde een arm om zijn schouders.

'Je moet opstaan,' zei ik.

Hij schudde zonder iets te zeggen zijn hoofd.

'Kom Gert, we gaan naar binnen.' Ik pakte de sleutelbos op en probeerde een paar sleutels. De zesde paste, en de deur zwaaide open. Gert staarde, nog steeds in dezelfde houding, de halfdonkere gang in.

'Kom nou.' Ik schudde aan zijn schouder. 'Je moet naar boven, gaan zitten en iets drinken.' Ik merkte hoe droog mijn keel was. Ik greep hem onder zijn oksels en sjorde hem half overeind.

Halverwege de gang ging een deur open, en een slordig uitziende jongeman verscheen. Het was Sjoerd Halbersma, Gerts huisgenoot, en net als Vincent student muziekwetenschappen. Hij tuurde naar de buitendeur.

'Zo,' zei hij, toen hij Gert herkende. 'Jij bent er vroeg bij vandaag.' Hij lachte. 'Als ik moet helpen, hoor ik het wel, hè?' zei hij. 'Ik moet even iets uit de oven halen.' Hij verdween door de keukendeur aan het eind van de gang.

'Lul,' mompelde Gert, terwijl hij zich overeind liet helpen.

'Laten we maar snel naar boven gaan,' zei ik. 'Zo dadelijk komen er nog meer.' Ik wilde hem de trap op helpen, maar hij had zichzelf weer min of meer onder controle. In zijn woning aangekomen liet hij zich op de tweezitsbank bij het raam neerzakken. Hij plantte zijn ellebogen op zijn knieën en verborg zijn hoofd in zijn handen.

'Ik wil dit niet,' zei hij. 'Ik wil niet dat het gebeurd is. Het heeft geen zin. Het slaat nergens op.'

Alles heeft zijn reden, dacht ik. Maar ik zei het niet hardop. 'Je moet bellen,' zei ik.

Zijn gezicht vertrok van pijn.

'Zal ik het doen?' vroeg ik. Het was eruit voor ik er erg in had, en ik schrok toen ik het gezegd had. Maar gelukkig schudde hij zijn hoofd.

'Dat moet ik zelf doen,' zei hij.

'Wil je koffie, of iets eten? Wat heb je in huis?'

'Doe maar wat.' Hij zuchtte. 'Kijk maar in de keuken.'

Ik scharrelde rond in het kleine hok – keuken was een groot woord, maar hij was in elk geval van hemzelf – op zoek naar wat brood en koffie. Het was er netjes zoals gewoonlijk, en alles liet zich makkelijk vinden. Ik smeerde een paar boterhammen, terwijl het koffieapparaat pruttelde. Ik hoorde hem praten aan de telefoon. Zijn broer was dood. Zijn eigen leven had ernstige schade opgelopen. Nu moest zijn moeder het nieuws nog horen.

Ik had haar wel eens gesproken. Ze was klein van stuk en ondanks haar leeftijd vitaal. Ze had zich kranig gehouden toen haar man drie jaar terug was overleden, en was mateloos trots op haar twee muzikale zonen. Maar hoeveel kon een mens aan, op den duur? Dat was de vraag. En bestond er iets ergers dan het verlies van je kind?

Ik ging met een bord met brood terug naar de kamer. Gert stond bij het raam. Hij staarde naar de kruinen van de bomen voor het huis.

'Dat was het ergste wat ik ooit heb gedaan,' zei hij zacht. 'Dit aan mijn moeder vertellen.' Zijn stem brak weer en hij leunde tegen het raamkozijn.

Ik ging terug om de koffie te halen. Wat kon ik op dat moment zeggen? Het hoort niet. Ouders behoren als eerste te gaan, en daarna pas hun kinderen.

4

Het werd een lange avond. Het leek me het beste dat ik bleef totdat Gerts moeder er was. Ze zou direct na het telefoongesprek vertrekken, maar het was nogal een eind vanuit Zuid-Limburg. Ze zou niet alleen komen, maar samen met haar beste vriendin.

Van een gesprek kwam het niet of nauwelijks. Ik hing maar zo'n beetje rond, en na een tijdje zette ik maar weer eens verse koffie. Ik draaide wat muziek. Gert had een uitgebreide collectie cd's van zeer uiteenlopende aard, en het viel niet mee om iets uit te kiezen wat bij de situatie paste.

Uiteindelijk bleef Mozart over: symfonieën en vioolconcerten. Muziek die licht geeft zonder dat je erom vraagt. We luisterden een tijdlang en doorbraken het zwijgen met korte praktische gesprekjes.

'Moet je niet naar het station? Hoe laat komen ze aan?'

'Dat wist ze niet uit haar hoofd. Ze nemen een taxi.'

'Wil je nog iets eten, brood? Of iets van fruit?'

'Ik hoef niks meer.'

'Wil je erover praten?'

'Nu niet.'

Ik dacht aan de cantorij. Morgen was het maandag. Dan hadden we koorrepetitie. Wat moest ik doen? Iedereen opbellen, en dan elke keer hetzelfde verhaal vertellen? Wachten tot morgenavond, dat was misschien het beste. Dan waren we allemaal bij elkaar, dan kon ik het nieuws in één keer brengen. Alleen Corné Bregdaal, de cantor, die moest ik bellen. Ik voegde de daad bij het woord, liep naar de keuken en toetste zijn nummer in op mijn mobiel.

'Dit is de voicemail van Corné Bregdaal,' hoorde ik. 'Spreek een bericht in na de piep.' Straks nog maar een keer proberen.

Ik dacht aan Maria en aan de totaal ongegronde jaloezie die ik steeds had gevoeld als ik haar met Vincent zag praten. Een jaloezie die ik misschien deelde met een heel rijtje medezangers. Ook dat was nu verleden tijd.

En ik dacht aan Posthumus, met zijn bedrieglijk beminnelijke uitstraling, en ik probeerde me in zijn gedachten te verplaatsen. Ik was in, of liever op de kerk geweest, op het moment dat de moordenaar had toegeslagen. Praktisch gezien zou ik het gedaan kunnen hebben, ik had geen alibi. De vriendelijkheid van Posthumus was een façade. Misschien zat hij nu ergens, thuis of in een kamertje op het bureau, na te denken over een mogelijkheid om me erin te luizen, omdat hij me als mogelijke moordenaar beschouwde. Morgen zou hij weer langskomen. Die gedachte gaf me een ongemakkelijk gevoel, maar ik wist het van me af te schudden. Het was onzin. Hij deed natuurlijk ook alleen maar zijn werk, maar ik zou hem snel uit de droom helpen.

'Waar moet je moeder slapen?'

'In het achterkamertje. Ik moet alleen nog het bed opmaken.'

'Zal ik het voor je doen?'

'Laat maar.' Hij schudde zijn hoofd. 'Ik doe het zelf wel. Het is zo gebeurd.'

'Kleine moeite, hoor.'

'Het hoeft niet.'

Ik keek naar hem. Hij zat in het hoekje van de bank, ondanks zijn lengte klein, weerloos en vol onbegrip. Van de zelfbewuste muzikant van die middag was weinig meer over. Praetorius en Weill waren door de onbarmhartige realiteit weggevaagd. Er was alleen nog plaats voor Mozart, op de achtergrond.

'Wil je een glas wijn?'

'Misschien straks, als mijn moeder er is.'

'Als ze zo dadelijk komt, ga ik maar naar huis.'

'Je mag nu ook wel gaan.'

'Ik wacht wel. Tot ze er zijn.'

Om ongeveer tien uur ging de bel. Gert stond op. Ik hoorde zijn voetstappen op de trap. Ik hoorde de deur naar de onderste trap, die openging. Piepende scharnieren, daarna niets meer.

Het duurde nogal een tijd. Ik had mijn jas al aangetrokken en keek naar buiten. Ergens in de stad was de moordenaar van Vincent Brinkhof. Misschien een onbekende, maar misschien ook niet. Had hij een voldaan gevoel? Of was hij razend geweest, en kwam na de woede nu de angst? Was het trouwens wel een man? Wat kon de reden zijn geweest?

Alles heeft zijn reden.

Ik hoorde weer het piepen van de deur en daarna voetstappen op de trap. Ik weet niet of Gerts moeder zich realiseerde wie ik was, maar toen ik naar haar toe stapte om haar een hand te geven, leunde ze tegen me aan, en ik sloeg een arm om haar schouders. Zo stonden we daar een tijdje zonder iets te zeggen, terwijl Gert in de deuropening stond te wachten. Ze deed een stap terug en keek me aan. Ik zei niets, ik keek alleen maar terug. Toen knikte ze even en ging op de bank zitten.

'Dan ga ik maar,' zei ik.

'Bedankt.'

'Ik bel je wel.'

Ik knikte naar de vriendin van Gerts moeder, die zich op de achtergrond had gehouden, sloot de deur achter me en ging naar beneden. De gang was leeg. Vanachter de deur van Sjoerds kamer klonken bastonen van een heel ander type muziek dan Mozart. Ik keek een tijdje naar de dichte deur en klopte toen aan.

Sjoerd, lang en mager, zijn lange haar in een staart gebonden, deed open. Zeker geen jongen die tobde met obesitas. Zijn blote voeten staken in slippers onder een vale spijkerbroek, en verder droeg hij een T-shirt met daarop het logo van de Olympische Spelen van 2004 in Athene.

'Ha, Peter.'

'Sjoerd.'

'Kom erin.'

‘Even maar.’

Ik liep langs hem heen en stapte de totale chaos binnen. De grote kamer was volgebouwd met tweedehands meubelen in de meest uiteenlopende stijlen. Van die meubelen waarmee je studenten met een bakfiets door de stad ziet rijden. Niet dat er veel van te zien was, want ze waren grotendeels bedekt met kleren, boeken, kranten en tijdschriften. Alleen de stereotoren in de hoek en de computer op de tafel waren bereikbaar. Zoals bij zoveel mensen van zijn leeftijd draaide het leven om stereo-surround, geavanceerde games en informatie.

‘Biertje?’

En om bier, natuurlijk.

Hij draaide aan de knop van zijn versterker en de muziek werd behang. Vervolgens schoof hij een stapel mappen van een stoel en keek naar de verbijsterde blik waarmee ik zijn inventaris in me opnam.

‘Ik wilde net opruimen.’ Hij lachte.

‘Ik wil even iets uitleggen,’ zei ik. ‘Over Gert.’

‘Is hij veilig in zijn bed beland?’ Hij lachte. Van ergens achter een stoel toverde hij twee flesjes bier tevoorschijn, en met zijn andere hand pakte hij een opener uit een geheime bergplaats, die hij alleen wist. Alles in één vloeiende beweging. Ik pakte het flesje aan, ik wist dat ik niet op een glas hoefde te wachten. Sjoerd proostte en klokte rap de helft van zijn flesje naar binnen.

‘Ik kan me voorstellen dat het er zo uitzag,’ zei ik. ‘Dat hij dronken was.’

‘Was hij dat niet dan?’

‘Zijn sleutels waren gevallen en hij gleed uit.’

‘Nou ja,’ zei hij, op een toon die aangaf dat dat toch aardig in het beeld paste, alsof hij zijn vergissing wilde verdedigen.

‘We kwamen uit de Domkerk.’

Hij keek me afwachtend aan en ging boven op een stapel kranten op een stoel zitten.

‘Het gaat om Vincent.’

‘Wat is er met Vincent?’

'Hij is dood.' Het was een botte, maar duidelijke mededeling. Ik zag hem letterlijk wit wegtrekken. Ze kenden elkaar tamelijk goed, Vincent en hij. Zijn ogen gingen een stuk verder open. Zijn bierflesje, dat net weer halverwege zijn mond was, maakte pas op de plaats.

'Hij is vermoord,' zei ik.

'Dzjéézus.' De verbijstering kwam uit zijn tenen. Toen wendde hij zich af en staarde naar de slordig dichtgeschoven gordijnen. 'En ik maar denken dat hij dronken was, Gert.'

Ik zei: 'Ik dacht, ik zeg het maar even.'

'Maar je zei net dat jullie net uit de Domkerk kwamen.'

'Ja, daar is het gebeurd.'

'Dzjéézus!'

'Jij kende hem beter dan ik,' zei ik. 'Toch?'

'Ja.' Hij staarde voor zich uit. 'Vrienden,' zei hij. 'Geen hartsvrienden, maar vrienden. Het volgen van dezelfde studie schept een band.' Hij dacht ergens ernstig over na, dat kon ik zien.

'Had hij vijanden?'

'Vincent? Vijanden?' Hij schudde zijn hoofd, maar ik zag hem heel even aarzelen. Alsof hem iets te binnen schoot waar hij niet goed raad mee wist. Hij keek uit het raam. 'Verdomme, Vincent,' hoorde ik hem mompelen. Hij stond met zijn rug naar me toe en had zijn schouders een stukje opgetrokken. Hij zag er eerder geschokt dan droevig uit. Het geluid uit de boxen draaide rond zonder dat ik er iets zinnigs van kon maken. Sjoerd had een brede muzikale belangstelling. Van muziek uit de vroege middeleeuwen tot en met de meest duistere stromingen in de hedendaagse popmuziek. Wat hij nu op had staan was behoorlijk grimmig.

Hij draaide zich opeens naar me om, en vroeg: 'Heeft Vincent het met jou wel eens gehad over een bijzonder manuscript?'

'Een manuscript? Van een boek?' Geërgerd over zijn gebrek aan medeleven haalde ik mijn schouders op. 'Niet dat ik me kan herinneren,' zei ik. 'Wat voor manuscript bedoel je?'

'Nee, een muziekstuk.' Hij bewoog zijn vingers, zenuwachtig.
Als ik met Vincent praatte ging het meestal over muziek, en het zou vast wel eens over een of andere speciale compositie zijn gegaan, maar ik kon niets bedenken. Over een bijzonder manuscript had hij het de laatste tijd zeker niet gehad. Niet met mij.

'Laat ook maar,' zei hij toen. 'Het doet er niet toe.'

Hij keek weer naar buiten, naar de herfst buiten het raam. Ik had het gevoel dat het allemaal niet zo vaag was als hij beweerde. Hij was van slag. Misschien haalde hij dingen door elkaar, maar het maakte me nieuwsgierig.

'Het is niets,' zei hij weer. Hij liet het erbij, en we zwegen een tijdje.

'Dan ga ik maar,' zei ik ten slotte.

'Je bier.' Hij wees naar mijn flesje. Het zijne had de weg naar zijn mond al weer gevonden, al was dat meer werktuiglijk dan uit behoefte naar iets lekkers.

'Drink jij het maar op,' zei ik.

Dat kwam wel goed. Ik liep naar de deur en keek nog even om. Zijn ogen flitsten heen en weer, maar mij keek hij niet meer aan.

Toen ik bij de buitendeur was stond ik even stil. Uit zijn kamer kwam geen geluid. De dreunende bassen waren verstomd.

5

Ik had vanaf mijn tweeëntwintigste bijna dertig jaar voor de klas gestaan. Zo lang lesgeven gaat je niet in de koude kleren zitten, mij niet in elk geval, en op een dag was het ineens op. Ik was halverwege een dinsdag naar huis gegaan met het gevoel alsof er een sluisdeur was opengezet die niet meer dicht kon. Ik stroomde leeg.

Ik bleek niet onmisbaar, zoals ik ten onrechte had aangenomen. Er werd vlug een vervanger gevonden en het schoolleven draaide verder, ook zonder mij. Het speet me niets, maar ik merkte na een tijdje dat het abrupt wegvallen van een dagelijkse structuur me begon op te breken. Vandaar dat ik had aangeboden om me met het ordenen, bijhouden en distribueren van de bladmuziek van de Domcantorij bezig te houden.

Mijn aanbod was niet geheel overbodig. In de loop der tijd was er een zekere verslonzing in het archief geslopen, en dan zeg ik het netjes.

Het werk bleek een verademing. Bladmuziek stelt geen vragen en zeurt niet aan je hoofd, heeft geen ouders. En bovendien zei niemand tegen me dat er haast bij was. Het moest alleen gebeuren. En ik had zeeën van tijd.

De voorraad muziek was inmiddels zo groot, dat er verschillende ruimten werden gebruikt om alles in kwijt te kunnen, en dus bewoog ik me, met stapeltjes muziek onder mijn arm, regelmatig op mijn gemak voort tussen sacristie, secretariaat en balgenkamer. Tussen de plukjes toeristen door, die de indrukwekkende gotiek van de Domkerk op zich lieten inwerken.

De Domkerk is het hele jaar elke dag open, wat niet gewoon is voor een Nederlandse kerk. Alleen de monumenten kunnen zich dat veroorloven, zij het niet zonder een grote hoeveelheid vrijwilligers. Daar komt bij dat er in veel kerken niet al te veel te zien is, maar in de Domkerk wel, hoewel er ten tijde van de reformatie veel verloren is gegaan. De sporen daarvan zijn nog steeds duidelijk zichtbaar. Zelf zou ik er voorstander van zijn om de beschadigingen ongedaan te maken en de kerk weer op te sieren, maar daar ga ik niet over. Daarbij maken die sporen deel uit van de geschiedenis. Want de Domkerk is een bron van verhalen.

En van muziek natuurlijk.

Ik was erbij, op de achtergrond, toen aan de vrijwilligers van de Open Dom de volgende ochtend voordat de kerk openging, werd verteld wat er de vorige dag was gebeurd. Het was op het nieuws geweest, en de meesten wisten ervan, maar de voorzitter van de kerkenraad was speciaal overgekomen om het nieuws met hen te bepraten. Ook dominee VanderGracht was er.

Er werd afgesproken wat er al dan niet moest gebeuren. Schrik en afschuw voerden de boventoon, en een enkeling keek naar me om, misschien omdat ze dachten dat het voor mij, als cantorijlid, het ergste was. En daar hadden ze natuurlijk gelijk in.

Even later kwamen de eerste bezoekers de kerk binnen. Alles moest doorgaan, zoals elke dag. De wereld had stilgestaan, maar draaide inmiddels weer. In het gebouw was niets te merken van de gebeurtenissen van de vorige dag. Het onderzoek op de plaats delict was afgerond. Alleen voor wie goed keek was er op de vloer, op de plek waar ik Vincent had gevonden, nog een vlek te zien, iets donkerder dan de steen zelf.

Ik hield me ondanks alles bezig met mijn taak. Er waren nog wat stapeltjes koorpartijen die te laat waren ingeleverd, zoals zo vaak gebeurde, en moesten worden opgeborgen. Aan een tafel in de sacristie bladerde ik nogal doelloos in de kaartenbak en deed over het karwei drie keer langer dan gebruikelijk. Ik liep veel te vaak heen en weer tussen de tafel en de kasten met enveloppen, omdat ik elke keer weer iets vergat, of de naam van de componist niet meer wist. Het was onwerkelijk om hier mee bezig te zijn, alsof er niets was gebeurd, terwijl de beelden van de vorige dag nog vers waren.

Na een tijdje liet ik de muziek voor wat ze was en ging achter in de kerk zitten. Ik liet mijn hoofd tegen de houten wand achter me rusten, de wand die het koor scheidde van de koorom-gang.

Ik had de indruk dat er meer bezoekers waren dan anders. Omdat de moord in het nieuws was geweest, waren er misschien, zoals altijd, mensen die kickten op het gevoel op de plek des onheils te zijn geweest. Ik meende het te merken aan de gefluisterde gesprekken en aan de manier waarop sommige mensen om zich heen keken.

Maar natuurlijk waren er ook mensen die voor de kerk zelf waren gekomen. Links van me, op het hoogkoor, stond Kas Bredervelt, een brede man, die zijn lint van Domkerkvrijwilliger met trots droeg. Hij was een van de meest doorgewinterde gidsen in de kerk, en zoals altijd het middelpunt van een groepje aandachtig luisterende toeristen. Hij wees op een aantal details van het grafmonument van baron Joseph Willem van Gendt, de luitenant-generaal die tijdens de slag bij Soleby voor de Engelse oostkust, in 1672, ook wel bekend als het rampjaar, jammerlijk omkwam.

Het marmeren monument van de hand van beeldhouwer Rombout Verhulst is een rare, pompeuze uitwas, die nogal misstaat. Op die plek hoort een altaar te staan. Maar na het vertrek van de Fransen in 1673, toen de Domkerk weer protestants werd, besloot dominee Voetius het altaar weg te halen en er iets voor in de plaats te zetten dat nooit meer verwijderd kon worden, zo wil het verhaal: het monument van baron Van Gendt dus. 'Nooit meer een altaar op deze plek,' moet hij gezegd hebben. En inderdaad, tot op de dag van vandaag staat het ding er. Het is zwaar, niet weg te krijgen, en van historisch grote waarde. Bovendien is er zoveel te zien dat het een topper is uit de rondleiding en Kas wijdde zich ook vandaag vol overtuiging aan zijn taak. Zijn stemgeluid vermengde zich met het gemurmel van andere stemmen en de voetstappen, verspreid door de kerk.

Door het midden kwam Raymond Bloem aanlopen, een neef van koster Johan de Vlieger, een man van een jaar of dertig. Hij was, om redenen die ik niet wist, arbeidsongeschikt verklaard, en was vaak als manusje-van-alles in de kerk te vinden. En als er niemand anders beschikbaar was, was hij nog wel eens hulpkoster. Klein van stuk, in de voor hem karakteristieke houding, zijn schouders opgetrokken en met een gekromde rug, was hij op weg naar een klusje. Zijn vlassige baardje hing als los zand onder aan zijn kin, en zijn immer rusteloze ogen schoten van links naar rechts. Er werd gezegd dat hij paranoïde was.

Alles was net als anders. Als je dood gaat houdt alleen je eigen wereld op. Mijn blik dwaalde rond en zwierf omhoog, naar het triforium, vlak onder het niet gekleurde glas in lood van de spitsboogvensters. En nog hoger, waar de ribben van de gewelven elkaar vinden in het midden, bij de sluitstenen met daarop Mattheus met zijn vleugels, de gevleugelde leeuw van Marcus en de adelaar van Johannes. Bijna recht boven me bevond zich de steen met de verheerlijking van Maria.

Maria. Ik vroeg me af of ze al wist wat er gebeurd was. Gisteravond heel laat had ik eindelijk Corné, de cantor, te pakken gekregen. Zijn ontzetting was in eerste instantie woordeloos, maar al snel was zijn nuchtere daadkracht boven komen drijven. Hij kon elk moment de kerk binnenkomen, en we zouden passende muziek bij elkaar zoeken. Of hij mensen had gebeld wist ik niet. Maar het nieuws gaat ook via andere wegen, en het zou Maria hoe dan ook bereiken. Ik vroeg me af of haar trotse zelfverzekerdheid bij het horen ervan overeind zou blijven.

Kas was klaar met zijn verhandeling over de admiraal. Het groepje bezoekers daalde af van het hoogkoor en vertrok naar de kapel van Jan van Arkel in de zuidelijke kooromgang. Ik keek hen na en zag toen aan de overkant Gert aankomen. Zijn hoofd kwam net boven het schot van de achterste koorbanken uit. Toen hij bij de doorgang onder aan het hoogkoor was, zag ik dat zijn moeder naast hem liep. Ik had haar niet gezien omdat ze kleiner was dan Gert. Ze staken niet over maar liepen door, achter het hoogkoor langs. Ik stond op en liep aan mijn kant de kooromgang in, hun tegemoet. Bij de grafzerk van Otto Bloys van Treslong bleven ze staan. Ik hield mijn pas in. Gerts moeder stond kaarsrecht, alleen haar hoofd gebogen, als iemand die in gebed was. Misschien was ze dat ook wel. Maar toen ze opkeek zag ik de hardheid in haar ogen. Ze ontmoette mijn blik en kwam met afgemeten pasjes naar me toe.

'Ik heb hem gezien,' zei ze. 'Mijn arme jongen.' Ze slikte. Ik voelde haar pijn en begreep ineens voor de volle honderd procent de betekenis van het woord medelijden.

'Mijn kindje,' zei ze. 'Mijn mooie kindje.'

Ik kon het nog zo erg vinden, voor ons, voor mezelf, voor iedereen hier, maar dat was niets vergeleken met wat zij moest doormaken. Ze had hem gedragen, tot hij op eigen benen kon staan. En nu ging ze terug naar waar het begon, toen Vincent vooral haar mooie kindje was.

'Ze moeten hem vinden,' zei ze. 'De dader. Hij moet gestraft worden. Hij heeft mijn jongen doodgemaakt.' In haar stem klonk toonloze onverzettelijkheid.

Gert kwam naar ons toe. Hij had een stapeltje papieren bij zich.

'We zijn op zijn kamer geweest,' zei hij. 'Ik heb zijn muziek meegenomen.'

Het afscheid nemen was begonnen. Ik pakte het stapeltje van hem aan. Vincent had nummer 27 gehad.

Gert nam zijn moeder bij de hand. 'We moeten gaan,' zei hij.

Ze knikte, en ze liepen naar de uitgang. Ze klampten zich aan elkaar vast. Van achterop gezien zou het een verliefd stelletje kunnen zijn dat even de stilte van de Domkerk had opgezocht.

Ik ging weer op dezelfde plek zitten, met de muziek van Vincent in mijn handen. Aan de overkant was Kas met zijn schare op weg naar de straalkapellen. Raymond Bloem kwam met twee stoelen langs me heen lopen. Ik keek naar hem, maar zijn blik was op de grond gericht, en hij schuifelde snel voorbij.

Ik ritste met mijn duim langs het stapeltje muziekpapier, en zag de namen van diverse componisten langskomen. Het inleveren van muziek na afloop van een concert of een kerkdienst lijkt een vanzelfsprekende en eenvoudige handeling, vooral als daar een speciale tafel voor is neergezet. Maar in de praktijk bleek dat niet zo te zijn. Sommige zangers stopten alles weer in hun tas, nog vol van het concert dat ze net achter de rug hadden, en met de adrenaline nog in hun bloed. Thuis kwam het dan tevoorschijn, en daar legden ze het weg. Ze waren echt van plan om het weer mee te nemen, maar ja, daar kwam het dan weer niet van. Na lang aandringen kwam er zo nu en dan wel weer een stapeltje terug. En ik maar weer opruimen. Maar goed, alles stond sinds ik het beheer had, feilloos op alfabetische volgorde, en sommige enveloppen begonnen oude bekenden te worden.

In het stapeltje van Vincent vond ik Allegri en Gesualdo, van een paar weken terug, en een motet van Tallis, van de dag ervoor.

Ongelooflijk. Gisteren had hij 's morgens nog meegezongen. We hadden in een rode halve cirkel op het hoogkoor gezeten, als een dankzij het vele zingen onverbrekelijke eenheid. In één vlaag van dodelijk geweld was alles overhoop gegooid. Gisteren was nog zo dichtbij dat ik Vincent bijna kon aanraken.

Maar dat leek maar zo. Tijd gaat nooit linksom.

Brahms zat er ook nog bij, *Ach, arme Welt* en onder aan de stapel Marcel Duprés *De profundis*. Uit de diepte, heel toepasselijk.

Werktuiglijk bladerde ik het stuk door, en toen ik bij de laatste bladzijden was gekomen, viel er een los blaadje uit. Ik bukte me en raapte het op. Het zag eruit als een kladblaadje, met losse aantekeningen en krabbeltjes. Bovenaan stond: 'Muzikale afstand tussen struikelen en neerkomen', met drie uitroeptekens erachter. Het leek me een zin voor een cryptogram, naast het zingen een van de passies van Vincent. Ik dacht over de oplossing na, toen ik rechts onderaan nog een zinnetje zag staan: 'De eerste stap naar het lichaam van Christus.'

Raadsels, dat was typisch Vincent. Hij loste ze op en hij bedacht ze. Ik staarde naar het zinnetje, maar de diepere betekenis ontging me. Ik kon er geen touw aan vastknopen, maar in een opwelling vouwde ik het briefje op en schoof het in een vakje van mijn portemonnee.

Terug in de sacristie zocht ik in de kaartenbak naar de namen van de componisten en de titels van de muziekstukken die ik nog steeds in mijn hand had, om de locatie van de desbetreffende enveloppen te vinden. Boven, beneden, of in de balgenkamer. Van sommige wist ik het wel, maar niet van allemaal.

De deur ging open en Johan de Vlieger stak zijn hoofd om de hoek.

'Die meneer is hier voor je,' zei hij. Het hoofd verdween weer.

6

Voor de deur van de sacristie stond Posthumus te wachten.

Hij stond met zijn rug naar me toe, en naast hem op de grond stond een koffertje. Een laptop misschien. Onveranderd gekleed in leren jack en spijkerbroek en met zijn handen in zijn zakken, keek hij schuin omhoog naar de twee kalkstenen gedenkplaten die in de kapel van Sierck aan de muur zijn bevestigd. Je zou hem kunnen houden voor een iets oudere student, of een jonge intellectueel, een geschiedenisstudent.

Met een kuchje ging ik naast hem staan. Zijn blonde, sluike haar hing aan één kant half over zijn oog en hij streek het met zijn hand opzij toen hij zich omdraaide om me aan te kijken.

'Moeilijk te lezen wat daar staat,' zei hij. 'Wat zijn het?'

'Epitafen,' zei ik. 'Grafmonumenten.'

'Aan de muur?'

'De graven zijn geruimd.'

'Belangrijke figuren, vast en zeker.' Hij peuterde met de nagel van zijn wijsvinger tussen zijn tanden.

'Van Cuijk,' zei ik. 'Valerius, en zijn neef Johannes. Het waren kanunniken.'

'Priesters?'

'Niet helemaal. Kerkbestuurders is een betere omschrijving.'

'Hm.' Hij tuurde nog eens omhoog, in een poging om de tekst te ontcijferen, maar hij gaf het op.

'Hangen er nog meer van die borden?' vroeg hij.

'Die waren er wel, maar die zijn vernietigd.'

'Nee maar.' Hij keek me vragend aan.

'In 1795,' zei ik. 'De patriotten.'

'De patriotten.'

'Ja, de meeste van die platen waren van adellijke personen, vandaar.'

'Ik snap het. De revolutie, hè?'

Ik knikte.

'Maar grafzerken. Daar zijn er nog zat van.'

'Massa's. De vloer ligt er vol mee.'

'Maar die graven zijn allang geruimd, toch?'

Ik zei dat dat inderdaad zo was.

'Die jongen lag ook op een zerk,' zei hij.

Dat was zo.

'Toch raar.' Hij haalde zijn hand door het haar in zijn nek. 'Hoe hij lag, bedoel ik.'

'Opgebaard,' zei ik.

'Ja, die conclusie had u natuurlijk ook al getrokken.' Hij keek me onbewogen aan. 'Gaat u eens door.'

'Ze hebben hem daar bewust zo neergelegd.'

'Ze?'

'Ja, of iemand heeft hem daar zo neergelegd, een paar meter van de plek, waar hij, nou ja...'

'Een paar meter? Dat weet u?'

'Dat kon toch iedereen zien? Er zat bloed aan het hek en er waren bloedvegen op de grond, tussen het hek en de zerk.'

'Dus zo is het gegaan, denkt u?'

'Ja, tenzij dat bloed van iemand anders was. Misschien moeten we op zoek naar een tweede lijk,' zei ik cynisch.

'U had nog andere slachtoffers in gedachten?'

'Nee, natuurlijk niet!' zei ik kwaad.

'U hebt natuurlijk gelijk,' zei hij toen opeens op inschikkelijke toon. 'Zo moet het gegaan zijn, dat hebt u feilloos geanalyseerd.' Hij keek me nog steeds strak aan.

'Denkt u soms dat ik het gedaan heb?' Ik had het smalend willen laten klinken, maar het klonk vooral bezorgd.

Hij hief in een verschrikt gebaar zijn handen ter hoogte van zijn schouders. 'Maar dat heb ik toch niet gezegd?' zei hij. 'Of wel?'

'Nee, dat niet.'

'Of had u een goede reden om het te doen?'

'Hou nou maar op met die onzin,' zei ik geprikkeld. En, ten overvloede: 'Nee, ik had geen enkele reden, en ik heb het niet gedaan. Tevreden?'

'Heel tevreden.' Hij knikte. 'Er gaat niets boven duidelijkheid.'

Toch zag ik hem mijn naam nog niet doorstrepen.

Ik draaide me om en wilde de sacristie weer binnengaan, maar hij zei: 'Loopt u nog even mee, alstublieft.'

'Waarheen?'

'Nergens heen. Gewoon, de kerk door. Ik voer graag al lopend gesprekjes.'

Gesprekjes. Maar niet over koetjes en kalfjes.

We gingen de kooromgang in. Ik wilde links afslaan, naar de plek waar ik Vincent had gevonden, maar Posthumus ging de andere kant op. Ik haalde hem in ter hoogte van het beeldje van Sint-Maarten, aan de muur. Sint-Maarten is op veel plaatsen in en rond de Domkerk te vinden, tot aan het puntje van de toren aan toe. Niet iedereen weet het, maar de eigenlijke naam van de Domkerk is dan ook Sint-Maartensdom. We liepen in de richting van het grote orgel. Bij een grote grafzerk bleef Posthumus staan.

'Kijk,' zei hij. 'Dat is me er nog eens eentje.'

Ik keek omlaag. De zerk van Marcus van Wees was inderdaad indrukwekkend. En hoewel hij ouder was dan die van Bloys van Treslong, was hij veel minder afgesleten. Altijd buiten de gebruikelijke slooproutes gelegen, Marcus.

Posthumus ging op zijn hurken zitten en schoof met zijn hand over de steen.

'Waarom zouden die slakken erop staan?' vroeg hij.

Ik wist het niet.

'En wat betekent die spreuk?' Hij wees naar de woorden op een stenen wimpel: TEMPERA TE TEMPORI.

Dat wist ik toevallig wel. Dat had Roos me een keer uitgelegd toen we op een dag, nadat ze in het middaggebed orgel had gespeeld, nog even samen door de kerk waren gelopen. Haar kennis van het Latijn kwam nogal eens van pas bij de problematische teksten van sommige oude motetten.

'Het betekent vrij vertaald dat je moet leven op de manier zoals de tijd waarin je leeft dat aangeeft. Dat je één wordt met je tijd.'

Posthumus liet het even bezinken. 'Behoorlijk filosofisch,' zei hij. 'Daar moet ik eens over nadenken.' Hij stond op. 'Die banken daar.' Hij wees naar de hoge, met houtsnijwerk versierde koorbanken die tegen de buitenmuur van het noordertransept stonden. 'Laten we daar even gaan zitten.'

'Kunnen we niet beter naar de sacristie gaan?' zei ik. 'Hier worden we misschien gestoord.'

Hij keek om zich heen. Het was rustig in de kerk. Kas Bredervelt stond met een nieuw groepje volgelingen bij de doopvont. Zijn stemgeluid dreef door de ruimte naar ons toe.

Op de plek die Posthumus had uitgekozen zat ik zelf ook wel eens. Vanaf die plaats had je zicht op de meeste hoeken van het interieur, uitgezonderd de straalkapellen achter het hoogkoor. Het monument van Van Gendt was tussen de tweede en de derde zuil gedeeltelijk te zien. Links ervan keek ik de kooromgang in, tot aan de plek waar ik Vincent had gevonden, nog maar een dag geleden. Schuin aan de overkant waren de kapel van Van Veen en van Rudolf van Diepholt. Vlak bij ons stond het nog vrij nieuwe, wit met gouden kistorgel van Klop, en boven ons hoofd hing het machtige Bätz-orgel. We gingen zitten. Ik keek omhoog en zag het deurtje naar de speeltafel van het orgel opengaan. Remmelt Wijborch, de organist, was aanwezig.

Posthumus keek zwijgend om zich heen. Hij had zijn koffertje naast zich op de bank gelegd en leek geen enkele haast te hebben, terwijl ik van rechercheurs toch een zekere speurende bedrijvigheid had verwacht. Maar opeens zag ik bij het hoogkoor hoofdagent DeBildt rondhangen. Hij sprak met een van de vrijwilligers, herkenbaar aan het rode lint dat om haar nek hing. Leunend tegen de hoek van de voorste bank, met zijn handen in zijn zakken, maakte DeBildt de indruk dat hij niet meer was dan een geïnteresseerde toerist. Het zag er allemaal rustig en ontspannen uit, maar het onderzoek was wel degelijk in volle gang.

'Dus u bent vaak in de kerk,' zei Posthumus. 'Zei u.'

'Vanaf het moment dat ik in het muziekarchief aan de slag ging,' zei ik. 'Maar dat begint inmiddels aardig op orde te komen, dus het wordt wel minder.'

'En u zingt in het koor.'

'De cantorij, jawel, en vrij veel ook, maar toch niet elke dag.'

'Hebt u geen betaald werk?'

'Niet meer. Ik werkte in het onderwijs, maar dat is voorbij.'

'Had u er genoeg van?'

'Burn-out,' zei ik. Ik was niet van plan geweest om het te vertellen, maar hij kwam er toch wel achter als hij naar mij ging informeren. En dat zou hij zeker doen, als hij het al niet gedaan had.

Hij knikte en wees om zich heen. 'Dit,' zei hij, 'lijkt me een goeie plek om rond te lopen als je niet lekker in je vel zit.'

Ik protesteerde zwakjes. Dat moesten we maar even niet doen, over mijn toestand praten.

'Vertelt u eens, meneer Storm,' zei hij. 'U bent dus ook wel eens in de kerk, als die voor het publiek gesloten is.'

'Dat komt wel voor,' zei ik.

'En wie zijn er dan nog meer?'

'De mensen van de winkel, die aan het afsluiten zijn. Gidsen soms, en de koster van dienst.'

'Is dat niet altijd dezelfde?'

'Nee.' Ik schudde mijn hoofd.

'Maar meer mensen zijn er normaal gesproken rond die tijd dus niet?'

'Meer niet,' zei ik. 'Behalve als er boven nog mensen zijn.'

'Boven?'

'In het secretariaat.'

'Maar toch niet op zondag zeker?'

'Nee, dan niet. De cantor is er wel, soms.'

'En gisteren?'

'Gisteren was ik op het dak.' Ik keek opzij.

'Dat is waar ook,' zei hij. 'Die foto's, daar wil ik nog wel eens een keer naar kijken. Maar ik had nog wat vragen. Waar waren we ook alweer gebleven?' Hij staarde met gefronste wenkbrauwen naar de muur tegenover hem. 'O ja. Gisteren. Of er nog iemand anders in de kerk was.'

'Nadat ik Vincent had gevonden ben ik naar boven gegaan om te bellen,' zei ik. 'En daar was niemand.'

'En in de winkel?'

'Niemand. Alles was gesloten.'

'En de laatste die weggaat, sluit af. Dat was u, dus.'

'Dat was ik.'

'Maar de op een na laatste, degene die op het bord zag dat alleen u er nog was. Wie was dat?'

'Hoe weet ik dat nou?' Ik zette mijn stekels op. 'Ik zei toch dat ik op het dak was?'

'U was op het dak.' Hij knikte bedachtzaam. 'Maar toch zou ik het graag weten.'

Natuurlijk wilde hij dat. Ik wilde het zelf ook weten. De op een na laatste was waarschijnlijk de moordenaar. Maar hij – of zij – zou echt niet met opgestoken vinger naar voren komen en alles opbiechten.

Posthumus keek naar de drie grote vesperkaarsen in het midden van het transept.

'En dan het slachtoffer,' zei hij. 'Hebt u enig idee waarom hij hier na sluitingstijd nog was?'

Dat had ik me natuurlijk ook afgevraagd. Waarom was Vincent nog in de kerk geweest, en met wie?

'Ik weet het niet,' zei ik. 'Er was een klein concertje, 's middags, waar zijn broer in meespeelde. Toen heb ik hem nog gezien, maar daarna niet meer.'

Posthumus wenkte DeBildt, die intussen onze kant was opgekomen.

'Ga eens wat doen voor de kost,' zei hij. 'Ik moet weten wie er gistermiddag dienst had als koster.'

'Dat weet ik al,' zei DeBildt onverstoorbaar. 'Ene Bloem.'

'Die is er vandaag ook,' zei ik.

'Ah.' Posthumus knikte naar zijn collega. 'Als jij die nou eens voor me gaat opsnorren,' zei hij.

'Natuurlijk, meneer Posthumus.' DeBildt draaide zich weer om en liep, met zijn handen in zijn zakken, in de richting van de balie.

'Daar heb je wat aan, aan die man,' zei Posthumus met een serieus gezicht. 'Begrijpt meteen wat je bedoelt.'

Ik knikte. Ik had allang door dat hoofdagent DeBildt niet zo suffig was als hij deed voorkomen. En ook de veronderstelde hiërarchische kloof zou wel eens kleiner kunnen zijn dan het leek.

Boven ons hoorde ik het geklik van een paar registers die werden opengetrokken, en even later vulde orgelmuziek de ruimte. Posthumus hield zijn hoofd schuin en luisterde aandachtig.

'Mozart,' zei hij na een tijdje.

'U hebt er verstand van.' Ik zei het, zonder nadenken, een tikje spottend.

'Nou, verstand,' zei hij bescheiden. 'Ik heb thuis wat orgelmuziek in de kast staan, en ik luister er graag naar.'

'Speelt u ook?'

Hij schudde zijn hoofd. 'Geen geduld,' zei hij. 'En geen orgel natuurlijk. Je moet er trouwens als kind mee beginnen, anders haal je het nooit meer in.'

De registratie veranderde en er klonk plotseling een draaiorgelwijsje.

'Erg leuk.' Hij draaide zich weer naar me toe. 'Toch wel jammer, dat u gisteren niet even rondgekeken hebt voor u naar boven ging.'

Ik zei niets.

'Dan had u de moordenaar misschien wel gezien. Maar ja, dat is niet gebeurd. Eigenlijk is alleen van het slachtoffer en u bekend dat u er nog was.'

'Gaan we nou van voren af aan beginnen?' zei ik stekelig. 'U verdenkt mij?'

Hij zette zijn tanden in zijn onderlip.

'Nou ja, dat kan natuurlijk niet,' zei hij toen. 'U was op het dak, zegt u zelf.'

Ik zuchtte geërgerd. Dit was een belachelijk, zuigend gesprek. Gelukkig kwam DeBildt weer naar ons toe, op zijn dooie gemak.

'Die koster,' zei hij. 'Die Bloem, heeft afgesloten. Hij had haast omdat hij een trein moest halen. Heeft iedereen eruit gejast, zoals hij dat zelf noemt. Alleen u' – hij keek naar mij – 'was er nog, zei hij. Hij kon u niet vinden, maar hij rekende erop dat u het alarm wel aan zou zetten.'

'Met hem ga ik zelf ook maar even praten,' zei Posthumus.

'Zei hij nog waar hij heen moest, met de trein?'

'Een concert, in Enschede.'

'Dat is een eind weg.' Hij luisterde weer naar het orgel. 'Andante,' zei hij. 'Mooi, hoor.'

'Als u verder niets hebt, wil ik graag weer door,' zei ik. 'Ik moet nog het een en ander opruimen en opzoeken.'

'Ga uw gang.' Hij maakte een weids gebaar. 'Ik weet u wel te vinden als ik u nodig heb.'

Daar twijfelde ik geen moment aan.

7

Zoals op elke maandagavond, dus ook deze, de dag na de moord, was er koorrepetitie. Of er veel van zingen terecht zou komen wist ik niet, maar het was goed dat we allemaal bij elkaar zouden zijn.

De Domcantorij was anders dan de meeste andere koren. Niet omdat de leden zo bijzonder waren, maar omdat er vaak en zoveel gezongen werd. Omdat het leek dat het nooit zou ophouden te bestaan.

Die zekerheid lag nu in stukken. De cantorij was beschadigd. Er was een gat geslagen. We zouden elkaar nodig hebben om het te dichten. Of op zijn minst dicht te laten groeien.

Ik was zoals gebruikelijk ruim op tijd aanwezig om de nieuwe muziekstukken klaar te leggen, en behalve Corné Bregdaal was er nog niemand. Hij zat met zijn kalende hoofd met de artistiek bedoelde krullen net boven zijn nek, over een papier op de tafel gebogen. Ik had hem 's middags al even gesproken, voordat hij naar Gert was gegaan om met hem en zijn moeder te overleggen wat we zouden doen tijdens de uitvaartdienst, al was nog niet duidelijk wanneer die zou plaatsvinden. Het lichaam was vanwege het onderzoek nog niet vrijgegeven.

'Schütz,' had Gert tegen Corné gezegd. 'Delen uit de *Exequien*.'

De *Musikalische Exequien* van Heinrich Schütz vormen een uitvaartmis in het Duits, een repertoirestuk van de cantorij. Solostemmen, afgewisseld door koralen voor vierstemmig koor.

'Had Vincent zelf een lijstje?' vroeg ik. Verschillende cantorijleden hadden ooit, toen we het daar eens over hadden, een voorkeur opgegeven. De meesten waren jong en gezond. Het was meer een aardigheid, omdat iedereen ervan uitging dat het nog lang niet aan de orde was. Ikzelf, wel tamelijk gezond maar niet meer erg jong, had Arvo Pärt op de lijst gezet: *I Am the True Vine*, al sloot ik niet uit dat ik die keuze nog zou wijzigen. Mijn voorkeur kon natuurlijk altijd nog veranderen.

'Niets.' Corné schudde zijn hoofd.

Dat was niet vreemd. Vincent was nog maar net aan het leven begonnen. Die dacht niet na over de dood. Met de dood had hij niets te maken.

'En in elk geval een chant,' zei Corné.

Chants zongen we graag. Op de vierstemmige zettingen worden onberijmde psalmen gereciteerd. Chants komen uit de Anglicaanse traditie. Er zijn er, vooral rond de overgang van de negentiende naar de twintigste eeuw, heel veel geschreven.

'Welke psalm?'

'Psalm 104, Knight en Woodward. Daar zijn we toch mee bezig.'

'Is die niet een beetje te lang?'

'Ik maak wel een selectie. Haal jij Schütz even, en psalm 23 van Sweelinck?'

Ik ging naar boven. De *Exequien* van Schütz stonden in de balgenkamer, maar de psalmen van Sweelinck lagen in een muurkast halverwege de trap van de sacristie naar het secretariaat. Die haalde ik eerst. De trap is achter in de sacristie. De boogvormige opening ernaartoe deed me om de een of andere reden altijd denken aan de plek waar Willem van Oranje door Balthasar Gerards was vermoord. Ik ging die trap nooit op zonder eerst om me heen te hebben gekeken. Niet serieus natuurlijk, met in mijn achterhoofd de wetenschap dat de kerk geen plek was om een moord te plegen. Tot dit moment dus.

Nu zag ik de donkere omtrek van het dode lichaam op de grafzerk weer voor me, en ik huiverde.

Toen ik met de doos met koorpartijen de trap afging, hoorde ik het geluid van stemmen. De andere cantorijleden druppelden binnen. Toen ik de sacristie binnenkwam zag ik de ontreddering in ieders ogen. Sommigen zaten verslagen op hun stoel voor zich uit te kijken, anderen lieten hun tranen de vrije loop. Corné zat op zijn stoel en keek stuurs voor zich uit, wachtend tot iedereen er was. Je kon niet zien wat er in hem om ging. Daar was Corné nogal goed in. Bovendien was hij er al vanaf gisteren mee bezig, en tot hem was het al meer doorgedrongen.

Maria was er nog niet.

Ik legde de muziek op de tafel en liep door naar de deur, om naar de balgenkamer te gaan. Op weg ernaartoe ging de bel. Ik deed de deur open, en daar stond ze. Ik schrok. Haar haar was vochtig omdat het was gaan regenen, en haar gezicht was bleek. Toen ik een stap opzij deed, passeerde ze me zonder iets te zeggen. Het leek of ze niet goed wist waar ze was.

Ik trok de buitendeur zachtjes dicht, keek haar na toen ze de sacristie binnenging, en liep door naar de balgenkamer.

Het werd een bizarre repetitie. Aanvankelijk werd er alleen maar gepraat. Eerst door Corné, zoals dat van hem als leider van het koor werd verwacht. Iedereen wist al dat Vincent dood was, al waren ze niet op de hoogte van de details. Ze hadden elkaar gebeld, gemaild, of zelfs opgezocht.

Ik ontkwam er niet aan te vertellen hoe ik Vincent had gevonden, en waar. Ik deed mijn verhaal zo sober mogelijk. Het moet geklonken hebben als een slecht voorgelezen nieuwsbericht. Het werd gevolgd door een stilte vol afschuw, en ik werd aangekeken alsof ik van een andere, duistere planeet kwam.

'Wat moeten we nu doen?' vroeg Marie-José. Ze zat er zoals gewoonlijk zwierig uitgedost bij, met veel kleuren en franje, volledig in tegenstelling met de somberheid die heerste om haar heen.

'Zingen,' zei Agnes.

Er klonk gemompel, een enkel geluid van protest.

'Gewoon doen alsof er niets gebeurd is?' vroeg Marie-José.

'Nee, dat niet, maar zingen gaat altijd door.'

Het bleef even stil, maar toen kwam de discussie op gang. De een werd emotioneel, de ander bleef zo zakelijk mogelijk.

'We dragen het concert aan Vincent op.'

'Maar wat als we halverwege niet meer kunnen?'

'We kunnen zijn foto in het programmaboekje van het concert zetten.'

'Ik ben bang dat ik het niet kan, zingen.'

Ik hield me afzijdig. Ik wist helemaal niet of ik in staat zou zijn om te zingen. Maar als besloten zou worden om het wel te doen, zou ik het zeker proberen. Dus luisterde ik en zweeg. Als ik schuin opzij keek, kon ik net Maria zien. Zij deed ook niet mee aan het gesprek. Al die tijd zat ze naar een stapeltje bladmuziek te kijken, vlak voor haar op de grond. Ze zag onveranderd bleek en zat onbeweeglijk op haar stoel.

'En de begrafenis?'

'Daar kom ik zo op,' zei Corné.

'Wanneer is die?'

'Dat weten we nog niet.'

'We moeten een minuut stilte houden voor we beginnen.'

'Nee, alsjeblieft. Dan stort ik in.'

'Weten ze al wie het gedaan heeft?'

Plotseling zei niemand meer iets. Ja, iemand had het gedaan, iemand had Vincent doodgemaakt, en we wisten niet wie. Het maakte dat alle zekerheid die ons bij elkaar hield, wankelde. De zekerheid dat de kerk er stond, al eeuwen, dat wij als cantorij daar deel van uitmaakten. Dat we elkaar hadden, en elke keer weer onze concerten gaven en zongen tijdens de zondagse diensten. Dat we eerlijk gezegd vaak dachten dat dit nooit voorbij zou gaan. De bittere waarheid was nu, dat we ons hadden vergist. Vincent was voorbij.

'Gaan we zaterdag zingen?' vroeg Corné.

Zingen, dat was een houvast, dat konden we. Er stond een concert op het programma voor de komende zaterdag: motetten van Bach en Distler.

Concerten in de Domkerk op de zaterdagmiddag gingen altijd door, vocaal of instrumentaal, tweeënvijftig keer per jaar.

'Ik kan Remmelt vragen of hij een orgelprogramma kan spelen,' zei Corné.

We zochten elkaars blikken. Niemand wist of het zou gaan lukken met dat concert. Niemand wist of we erin zouden slagen onze emoties de baas te worden.

'Ik weet het niet,' zei Myrthe eerlijk. Myrthe was een wolk van een meid van achter in de twintig, met een warme altstem. 'Ik weet niet of we dat aankunnen. Van mezelf weet ik het in elk geval niet zeker.'

'Maar we doen het toch samen?' zei Thérèse, een jaar of vijftien ouder dan Myrthe, en de zelfverklaarde aanvoerder van de sopranen. 'We helpen elkaar er toch doorheen?'

Myrthe haalde haar schouders op, niet uit onverschilligheid, maar omdat ze het echt niet wist. Ik hield even mijn adem in, wachtend op een eventuele uitbarsting. Thérèse en zij lagen nogal eens met elkaar in de clinch, meestal omdat Thérèse van het wij-gevoel was en Myrthe helemaal niet. Hun aanvaringen waren bij tijd en wijle pittig, en tot op zekere hoogte ook wel amusant. Alleen nu moest het niet. Ik zag dat Corné het begin van een gebaar maakte, maar het was niet nodig. Myrthe liet het voor wat het was.

'Als jij het zegt,' zei ze tam.

Thérèse knikte, en deed er verder ook het zwijgen toe.

Maar toch waren we er nog niet uit. Wilbert zei nog dat het de wens van Vincent zou zijn geweest dat we zouden zingen, maar daar werd nauwelijks op gereageerd. Door mij zeker niet. Niemand kan zeggen wat de wens is van iemand die er niet meer is, behalve als de overledene dat zelf had vastgelegd of uitgesproken.

En dat had hij niet, natuurlijk niet.

'Maar nu wil ik in elk geval wel zingen,' zei Julia. 'Gewoon, om te weten of ik het nog kan.' Ze lachte een beetje zenuwachtig. 'Nou ja, ik bedoel...'

We wisten wat ze bedoelde.

'Ik wil het ook,' zei Sander, een tikje schor. Hij schraapte zijn keel. Hij was Vincents vaste buurman in het koor. 'Ik wil het ook weten,' zei hij.

Er werd geknikt en hier en daar geglimlacht.

'Bach,' zei Corné. '*Singet dem Herrn*, eerste maat.'

Het was bizar natuurlijk. Er stond feestmuziek op het programma, en dat leek ongepast. Maar aan de andere kant zou dat juist de muziek kunnen zijn die we konden zingen, meer dan romantische koormuziek die bol stond van de emotie.

We namen onze muziek erbij, maar een paar keer werd het moment van zingen nog even uitgesteld. Omdat iemand nog iets wilde zeggen of vragen. Maar eigenlijk omdat we het toch niet goed aandurfden. Alsof we bang waren dat we het níét meer zouden kunnen.

Maar de eerste inzet was een bevrijding. Ik weet niet of iemand nadacht over wat we zongen. De tekst telde niet. Het was het geluid van onze stemmen, die het eerste akkoord feilloos neerzetten.

Zingen in een koor is mee bouwen aan een huis. Elke steen, elk raamkozijn telt, en het resultaat is het gevolg van een gezamenlijke inspanning. Al staat het casco van dat huis er bij een koor als het onze vaak al. Omdat we veel stukken al eerder hebben gezongen, en het op ons repertoire staat. En dan gaat het vervolgens om de inrichting. Combinaties van kleuren, witte plafonds, soms korrelig en dan weer glad. Warme tapijten, gordijnen bij de ramen, hangplanten op de boekenkast, prenten aan de muur. En natuurlijk overal verlichting, schemerlampen en kaarslicht. Het gevoel dat daarbij hoort is niet makkelijk uit te leggen.

En hoewel er zo nu en dan iemand even ophield met zingen, omdat het niet meer ging, maakten we ook deze keer huize Bach steeds beter bewoonbaar.

In de pauze vluchtte ik de kerk in, omdat ik geen zin had in vragen over gisteren. Achter me hoorde ik de zachte, bijna op fluistertoon gevoerde gesprekken. Niemand snapte, in de verste verte niet, waarom het was gebeurd. Als het om een ziekte was gegaan, of een ongeluk, was het verdriet niet minder geweest, maar de verbijstering wel.

Mijn blik zwierf rond, langs de brede zuilen omhoog naar de

duistere gewelven. De poortjes, op ruim vijftien meter hoogte, van het triforium, dat in de wandeling om onduidelijke redenen ook wel nonnengang werd genoemd. Nonnen hadden er misschien wel nooit gelopen, maar met een beetje fantasie kon je ze zien langsschuifelen. De kroonluchters glimlachten in het donker.

Ik haalde diep adem. Ik was zo vertrouwd met deze ruimte, dat ik het hele interieur, inclusief allerlei details, voor me zag toen ik mijn ogen sloot. Het hielp niet. De schaduw op de zerk kreeg ik niet weg, integendeel. Het beeld dat bij de straalkapellen hoorde, was voor altijd anders geworden.

Toen ik me weer aansloot bij de anderen verbeeldde ik me dat ik sommigen tersluiks om zich heen zag kijken. Het leek of ze elkaar wogen, een voor een. Zelf was ik de hele rij in gedachten ook al langs gegaan. Niet omdat ik de dader wilde vinden, zo hield ik mezelf voor, maar omdat ik hen stuk voor stuk van elke verdenking wilde uitsluiten. Het kon niemand van de cantorij zijn geweest, dat was ondenkbaar. We wilden allemaal dat het niemand van ons was.

Maar ik wist dat adjudant Posthumus daar niet zomaar van overtuigd zou zijn, hij niet.

Maria had meegezongen, maar in de pauze met niemand gepraat. Ze straalde uit dat ze daar ook geen enkele behoefte aan had. Ze was alleen de kerk ingelopen, ergens naar een donkere hoek, waardoor ik haar niet had gezien. De anderen hadden haar zien gaan en haar met rust gelaten.

Corné keek de kring rond toen we allemaal weer zaten en zweeg. Bij het musiceren had hij uiteraard de leiding, en in veel andere situaties eigenlijk ook wel. Beslissingen nemen was hem toevertrouwd, en meestal zat hij ook niet om woorden verlegen, maar nu was het anders. Zelf zou ik niet geweten hebben hoe ik in de huidige situatie had moeten optreden. Er zijn geen handboeken voor dit soort situaties. Geen handleidingen.

'Hoe vonden jullie het gaan?' vroeg hij.

Iemand zei dat het goed was gegaan, en anderen knikten.

'Maar ik vind het wel verdomd moeilijk,' zei Sanne, een van de jonge sopranen. Ze zat er breekbaar bij, met haar zwarte haar en zoals altijd in het zwart gekleed. Haar gezicht stak er bleek bij af. 'Soms denk ik dat ik Vincent hoor zingen en dan klap ik in één keer dicht.' De tranen sprongen haar in de ogen. Vincent was een kroegmaatje geweest. Twee vrolijke, onbezorgde zielen voor wie de wereld niet kapot kon.

Corné knikte. 'Dat is precies wat ik ook hoor,' zei hij. 'En dat moeten we maar zo laten, voor even. Denken dat hij er nog is, en...' Zijn stem stokte. Hij maakte een hulpeloos gebaar en boog zijn hoofd. We wachtten.

'We doen dit voor hem, maar ook met hem,' zei hij toen. 'Zo zit dit koor in elkaar, waar of niet?'

Ja, zo zat dit koor in elkaar. We waren eruit. We zouden zingen, komende zaterdag.

Om kwart over tien, ongeveer een kwartier na de koorrepetitie, was bijna de hele cantorij nog in de kerk. Meestal gingen we met een stel nog even iets drinken bij Broers, of, in het voorjaar of 's zomers, buiten bij de Rechtbank. Maar die avond bleven we. Niet allemaal bij elkaar, maar verspreid door de hele kerk. Sommigen alleen, anderen met zijn tweeën of zijn drieën. Ik zat op dezelfde plek als toen ik met Posthumus had gesproken, in het hoekje van de kanunnikenbank in het noordertransept, schuin onder het front van het orgel. Het gedempte geluid van stemmen hing rond de zuilen in de spaarzaam verlichte ruimte. Ik zat alleen en liet alles nog eens goed tot me doordringen. Iets meer dan een dag geleden had ik die gruwelijke ontdekking gedaan. Sinds dat moment was er zoveel gebeurd dat het leek of de tijd met halve snelheid voorbij was gegaan. De donkere, lege kerk. Het schijnsel van die ene kaars. Het bloed op de stenen en het hek. De levenloze ogen. Mijn rechterknie trilde en ik kon hem niet stil houden.

Van de andere kant van de kerk klonken opeens een paar

zingende stemmen. Vincent, Sanne, Reginald en Marie-José hadden al een tijd geleden buiten het concertprogramma een kwartet gevormd – alsof er nog niet genoeg werd gezongen – en ze zochten wel vaker, na de repetitie, een hoekje op om oude muziek te zingen.

Ik herkende de eerste maten van *O Magnum Mysterium*, van Thomas Luis de Victoria. Een motet voor kerst, hoewel het nog niet zover was. Ik zag hen niet staan, maar ik meende de lichte, heldere tenor van Sander te herkennen.

Iedereen werd stil en De Victoria bleef. De zangers bestreken de hele ruimte, tot in de donkerste hoeken en de kleinste nissen. Ze zongen zoals oude muziek gezongen hoort te worden, in beelden met strakke lijnen. Emotieloos, ontdaan van elk sentiment, en juist daardoor indringend.

'O magnum mysterium
et admirabile sacramentum.'

Ik verliet mijn bank en liep de kerk in. Op verschillende plaatsen zaten zangers, op een drempel of in een nis. Een arm om een schouder. Een troostend gebaar, een gedeelde zakdoek. Op de trap van het hoogkoor zat Bernhard onverstoorbaar een banaan te pellen. Het raakte me, en ik begreep niet waarom.

'Dominum natum
jacentem in praesepio.'

Geboorte en dood, begin en einde, op dat moment in één beeld gevangen.

Het kwartet stond bij de Gedachteniskapel, op de plek waar Vincent had gelegen. Ik bleef op een afstandje staan. Ja, het was inderdaad Sander, die de partij van Vincent zong.

Er werd wel eens gezegd dat de leden van de Domcantorij elkaar vaker zagen dan hun eigen familie, wat niet in alle gevallen zo was natuurlijk. Maar het ging er niet alleen om dat we elkaar zagen, het ging om de zekerheid dat we bij elkaar hoorden. Zo hadden we allemaal twee families en een ervan was de Domcantorij.

'Portare Dominum Christum
Amen.'

8

'Wat heb jij gezegd?' Raymond Bloem stond vlak voor mijn neus en keek me woedend aan. Zijn rug was nog meer gekromd dan anders, maar hij zag eruit alsof hij me letterlijk elk moment kon bespringen.

'Wat ik gezegd heb?' vroeg ik verbaasd. 'Tegen wie?'

'Tegen de politie. Ik heb jullie wel zien praten, maandag. En nu zijn ze bij mij geweest. Ik moest vragen beantwoorden. Op het politiebureau!'

Nu begreep ik het. Raymond Bloem was natuurlijk degene geweest die vóór mij de kerk had verlaten, en dus een belangrijke verdachte. Posthumus had zich blijkbaar in hem vastgebeten.

'Man, hou toch op,' zei ik. 'Ik heb niks gezegd, niks over jou in elk geval. Ik heb alleen uitgelegd dat de koster meestal als laatste de kerk verlaat. Conclusies zijn niet mijn afdeling.'

'Waarom zou ik hem vermoord hebben? Wat is mijn motief? Vertel me dat eens!'

Zijn woede was niet te stuiten.

'Wat weet ik nou van motieven?' zei ik, terwijl ik om me heen keek. We stonden bij het beeldje van Sint-Agnes, een paar bezoekers binnen gehoorsafstand. 'En praat een beetje zachter alsjeblieft. Je bent door de hele kerk te horen.'

Hij slikte en haalde een paar keer diep adem. Zijn woede ebde weg en er verscheen een verdrietige uitdrukking op zijn gezicht.

'Die arme, arme jongen,' zei hij. Hij draaide zich abrupt om en schuifelde, klein en gebogen, weg in de richting van de sacristie.

Ik keek hem na, zag hem rechtsaf gaan en uit het zicht verdwijnen. Ik had geen flauw idee waarom Vincent was vermoord, en al helemaal niet waarom Raymond Bloem dat zou hebben gedaan. Ik vond het vreemd en nogal overbodig dat hij zich zo druk maakte om iemand die hij waarschijnlijk niet of nauwelijks gekend had. Hij was alleen maar de hulpkoster geweest, die zondag. Dat van die paranoia zou wel eens kunnen kloppen.

Ik haalde mijn schouders op, negeerde de toeristen die Raymond Bloem net als ik nieuwsgierig nagekeken hadden, en liep achter het hoogkoor langs naar het theehuis.

Ik haalde een kop soep bij de balie. Het was er rustig. Het was woensdag, er was niet veel te doen. Na de gebeurtenissen van zondag en het ramptoerisme van de eerste dagen was alles weer bijna normaal. Alleen aan de tafel van de medewerkers zaten een paar mensen, die afwachtend mijn kant op keken. Ik liet hen voor wat ze waren en koos een tafeltje uit bij een van de grote ramen die uitzicht boden op de kruidentuin in de pandhof. Ik wist bijna zeker dat ze zo af en toe naar me keken. Nieuwsgierig, misschien vervuld van medelijden, maar ook sensatiebelust, en ik had geen zin om te reageren op vragen die ik niet kon beantwoorden.

Nog niet zo lang geleden waren er in de pandhof foto's van de cantorij gemaakt. Vrolijk hadden we in de lens gekeken, Vincent ergens aan de rechterkant. Ik keek naar de stenen boog waaronder de foto was genomen, met boven ons in reliëf een voorstelling uit het leven van Sint-Maarten. En weer stelde ik mezelf de vraag, die ons allemaal bezighield: waarom? Waarom werd een zanger uit onze cantorij vermoord? Toch niet omdat hij in de cantorij zong? In dat geval waren we allemaal doelwit, wat een zinloze en belachelijke overweging was, zei ik bijna hardop. Er moest een andere reden zijn.

In tegenstelling tot de dag dat de foto werd gemaakt, was het slecht weer. Het was een weliswaar droge maar grijze dag. De mensen in de pandhof hadden hun kraag opgeslagen, en de wind draaide rusteloze rondjes tussen de zuilen van de omgang. De waterstraaltjes van de fontein in het midden waaiden opzij, zodat het water nu en dan op de rand van de stenen waterbak terechtkwam. Niettemin maakten mensen foto's van elkaar en van de Domtoren, die boven de grijze leien van de daken uitstak.

In een hoek, net buiten de schaduw van de zuilengang, stonden twee mannen te praten. Ik was met mijn gedachten nog bij Vincent, toen langzaam tot me doordrong dat ik hen kende. De een was Remmelt Wijborch, de domorganist. In de ander herkende ik tot mijn verbazing Sjoerd Halbersma. Ze waren in een ernstig gesprek verwikkeld, en vooral de organist onderstreepte zijn woorden soms met driftige, korte gebaren. Zonder te horen wat ze zeiden, zag ik duidelijk dat het geen praatje voor de vaak was.

Ik dacht aan het manuscript waar Sjoerd het over had gehad. Hij was erover begonnen, zonder te zeggen waar het precies over ging, en vervolgens gedaan alsof het niet belangrijk was.

En nu stond hij daar. Ik zag hem soms bij een concert op zaterdagmiddag, niet al te vaak, en ik had niet gedacht dat hij Remmelt Wijborch zou kennen. Het contrast was ook nogal groot: Sjoerd, slecht geschoren, lang haar in een staart op zijn rug, zwart leren jack, verschoten spijkerbroek en oude gympen, en Remmelt, weliswaar ook casual, maar dan heel netjes. Met zijn Gaastra-jack, sportief en toch keurig, en zijn korte, donkere haar in een kaarsrechte scheiding.

Dat was het verrassende aan hem. Hij zag eruit als een keurige, fantasieloze ambtenaar, maar uit zijn orgelspel sprak hartstocht, op zijn minst voor de muziek.

Ik zag dat Remmelt geëmotioneerd was, kwaad zelfs. Hij pakte Sjoerd bij zijn elleboog en trok hem mee, de zuilengang in, waarna ik hen niet meer kon zien. Ik wachtte een tijdje, maar ze kwamen niet meer terug.

Ik verviel in somberheid, maar merkte ook dat ik op zoek was naar antwoorden. Vincent bevond zich nog bovengronds, we namen afscheid van hem, en tegelijkertijd keek ik om me heen omdat ik wilde weten wie hem had omgebracht. Hoe meer ik erover nadacht, hoe meer ik tot de conclusie kwam dat het mogelijk iemand was die bij de Domkerk betrokken was. Omdat hij, of zij, na sluitingstijd op zondag nog in de kerk was geweest.

Het was allemaal even akelig, en plotseling wilde ik weg, de kerk uit. Er was nog muziek op te ruimen, maar dat kon wachten. De ruimte binnen, hoe hoog en groot ook, benauwde me, ik wilde de straat op.

Ik liep de kerk door, controleerde of de sacristie, waar ik bezig was geweest, was afgesloten, en ging door de zijdeur naar buiten.

Een regenbui geselde de Domstraat en joeg een paar mensen een winkel in. Ik zette mijn kraag op en sloeg rechts af, in eerste instantie met de bedoeling aan de andere kant van de kerk de pandhof in te gaan, waar ik in de zuilengang in elk geval droog zou staan. Wachten tot de bui overgedreven was. Bovendien wilde ik weten of Sjoerd en Remmelt daar nog waren. Gewoon nieuwsgierigheid, meer niet. Maar toen ik Achter de Dom doorliep, zag ik Sjoerd voor me uit lopen. Hij was door het poortje van de pandhof gekomen en liep met lange, driftige passen in de richting van de Nieuwegracht. Toen ik zelf bij het poortje was aangekomen, aarzelde ik: rechtsaf, de pandhof in? Ik zag de rug van Sjoerd. De agitatie spatte eraf. Veel meer mee te beleven dan met Remmelt Wijborch.

Ik besloot de regen te trotseren en hem te volgen. Ik had nog minstens één vraag voor hem, en ik kon meteen even bij Gert langsgaan om te vragen of hij hulp nodig had. Ik zag Sjoerd bij het opgaan van de Pausdam een groepje meisjes omzeilen, studentes die zonder gêne midden op straat de doorstroming belemmerden. Vrolijke, heldere grietjes met snelle jasjes en paardenstaarten, die zich van de regen niets aantrokken. Ik zag Sjoerd even opzij kijken, waarna hij doorliep. Toen ik zelf de Pausdam opliep, waaiden flarden van het meisjesgesprek mijn kant op.

'Heb je hem gezien?'

'Rogier, ja. Wat een eikel, zeg.'

'Daar snap je toch niets van? Van Elise, bedoel ik.'

'Echt kut zeg. Nou ja boeien.'

De wereld, of in elk geval de Pausdam, was van hen, en ze gingen geen stap opzij. Ik hield mijn opmerkingen over asociaal gedrag voor me, omdat ik voor dat soort dingen niet altijd energie heb, en wurmde me tussen het meest rechtse meisje en een paaltje door. Ze waren zich niet van mijn bestaan bewust en klepten energiek verder.

'Zo'n bál is het!'

'Zijn vader heeft geld, zegt Hélène.'

'Ja, Hélène wil zelf wel.' Hoog gelach.

Terwijl ik verderliep stierven hun stemmen uiteindelijk weg.

'Je méént het!' was het laatste wat ik kon verstaan. Toen was er de rust van de Nieuwegracht.

Een stuk verderop ging de deur achter Sjoerd dicht. Toen ik bij het huis was aangekomen, keek ik omhoog, maar ik kon achter het raam van de bovenste verdieping geen teken van leven ontwaren. Ik had Gert niet meer gesproken sinds ik hem met zijn moeder in de Domkerk was tegengekomen, en ik voelde me enigszins schuldig.

S. HALBERSMA, 2X BELLEN. Ik belde aan.

Hij moest nog in de gang zijn geweest, want hij deed vrijwel direct open en hij opende zijn mond om verder te gaan met de in de pandhof afgebroken discussie, toen hij zag dat ik het was.

Zijn mond klapte dicht, om vervolgens weer open te gaan.

'O,' zei hij.

'Heb je even?' vroeg ik.

'Waarvoor?' Hij had zijn zorgeloze opgeruimdheid even niet bij de hand.

'Nieuwsgierigheid,' zei ik. 'Nieuwsgierigheid naar een muziekmanuscript.'

Hij keek me scherp aan. 'Wat bedoel je?' zei hij. 'Heeft Wijborch zijn mond...?' Hij stopte midden in zijn zin. Zijn mond voorbijgepraat, had hij willen zeggen. Ze hadden het dus wel degelijk over een muziekmanuscript gehad, Remmelt en hij, in de pandhof. En dat was nou net waar ik het ook met hem over wilde hebben.

'Laten we even naar binnen gaan.' Ik nam, gebruikmakend van zijn verwarring, soepel de leiding. Hij protesteerde niet, draaide zich om en ging me voor naar zijn kamer.

Van opruimen was het nog niet gekomen, wat ik ook niet verwacht had, en ik zocht een plek op de bank.

Hij ging niet zitten en nam geen biertje. Hij was in de war.

'Jullie hadden ruzie,' zei ik. 'Remmelt Wijborch en jij.'

'Zeg!' Zijn verontwaardiging speelde weer op. 'Loop jij een beetje te spioneren?'

'Rustig man.' Ik maakte een sussend gebaar. 'Als jij niet wilt dat jullie gezien of gehoord worden, moet je maar op een donkerder plekje gaan staan. Ik zag jullie vanuit het theehuis, en ik hoorde niet waar het over ging, maar dat jullie ruzie hadden, was duidelijk.'

'Maar je begint zelf over een muziekmanuscript.'

'Nee, jij,' zei ik. 'Zondagavond, toen ik bij Gert vandaan kwam, begon je er zelf over.'

'O,' zei hij weer.

'Je vroeg of Vincent er wel eens iets over gezegd had.'

'Ach ja.' Hij keek me onderzoekend aan. 'En wat weet jij van dat manuscript?'

'Niks,' zei ik. 'Daarom ben ik zo nieuwsgierig.'

'Biertje?' Sjoerd kwam langzaam aan weer tot rust.

Daar had ik deze keer wel zin in. Hij nam er zelf zoals verwacht ook een en liet zich op een leeg zitblok neerzakken.

'Ik zal er niet omheen draaien,' zei hij. 'Het gaat om Sweelinck. Om Sweelinck en Wijborch.'

'Sweelinck? Jan Pieterszoon Sweelinck?' Ik keek hem afwachtend aan. 'Gaat het om een orgelconcert dat Remmelt gaat geven?'

'Niet Remmelt Wijborch,' zei hij. 'Anthony.'

Die naam kende ik niet, en hij glimlachte. 'Anthony Wijborch was de domorganist van 1604 tot 1621.'

'Hé,' zei ik. 'Familie?'

'Anthony was een voorvader. De klaviergenen zijn na zo'n kleine vierhonderd jaar weer boven komen drijven. En Anthony was zelf de zoon van Peter Wijborch, zijn voorganger in de Dom.'

'En Sweelinck?' vroeg ik. 'Wat heeft hij hiermee te maken?'

'Sweelinck en Wijborch waren tijdgenoten,' zei hij. 'En hoewel ze elkaar waarschijnlijk niet goed kenden, hebben ze elkaar minstens één keer ontmoet.'

'Hoe weet je dat?'

'Dat heeft Wijborch in een brief beschreven. Een opzienbarende brief, mag ik wel zeggen.' Hij snoof.

'Wacht even,' zei ik. 'Een brief van Anthony Wijborch?'

'Klopt.'

'En hoe weet jij dat dan allemaal?'

'Ik heb die brief gelezen.'

'Wie heeft die brief dan?'

'Remmelt.' Hij spreidde zijn armen. 'Familiebezit.'

'En wat staat erin?'

Sjoerd aarzelde. Hij leek er niet zeker van of hij het verstandig vond om daar opheldering over te geven. Ik keek naar hem, terwijl hij opstond en naar het raam liep, het bijna lege bierflesje in zijn hand. Hij schudde zijn hoofd, hij was niet van plan het te vertellen, niet nu.

'Misschien is het allemaal allang achterhaald,' zei hij.

Er gebeurde iets met me. Ik had het gevoel dat ik werd meegetrokken in een verhaal dat draaide om Wijborch, Sweelinck en Vincent. Sjoerd had me zelf gevraagd of Vincent wel eens over een manuscript had gesproken. Hij moest er iets mee te maken hebben gehad.

Het leek respectloos, maar even vond ik de oplossing van dit raadsel bijna belangrijker dan het feit dat Vincent dood was. Mijn nieuwsgierigheid groeide. En dan was er nog de mogelijkheid dat alles ook met de moord op Vincent te maken had. Het duizelde me, en even kwam de gedachte in me op dat ik dit allemaal aan adjudant Posthumus moest melden. Maar nee, nu nog niet, in elk geval. Het was allemaal nog te vaag, en ik wilde niemand onterecht in verlegenheid brengen. Niet een van ons.

'Zingen jullie zaterdag?' vroeg Sjoerd.

Ik knikte. 'Bach,' zei ik. 'Bach en Distler.'
'Leuk. Misschien kom ik wel.'
Ik wachtte nog even, maar hij was uitgepraat. Niets meer over Vincent, een brief of een manuscript.

9

Twee uur voor het concert, tijdens de laatste repetitie, waren er al veel bezoekers. De sfeer was ingetogen, vond ik. We bevonden ons in een cocon, afgesloten voor alles om ons heen. Maar de muziek, Bach en Distler, kwam en ging, en we wisten dat het die middag goed zou komen.

Na de repetitie liep ik achter het hoogkoor langs. In de Gedachteniskapel zag ik Agnes, Julia, Maria, Maarten en Arend, die een kaars gingen branden. Ik sloot me zwijgend bij hen aan. We kochten een smalle kaars, staken hem aan aan de paaskaars en plaatsten hem op een van de punten van het rek. We bleven even staan, Arend met een arm om Agnes' schouders, draaiden ons toen zwijgend om en liepen naar de sacristie, een groepje stille mensen met strakke gezichten, zonder oog voor wat er om hen heen gebeurde. Maar net voordat we het hek doorgingen naar de sacristie, zag ik, ter hoogte van het beeldje van Sint-Maarten, Raymond Bloem staan. Hij keek naar ons, maar vooral naar mij, met een koortsachtige blik.

Wat moest hij toch van me? Hij kende me nauwelijks, en dat hij nog steeds kwaad op me was omdat hij verhoord was, leek me nergens op slaan. De politie had alleen maar van me willen weten hoe laat hij die zondag uit de kerk was vertrokken.

Voor ik de sacristie binnenging keek ik nog even om. Hij volgde ons nog steeds met zijn ogen. Met een ongemakkelijk gevoel liet ik de anderen voorgaan en sloot de deur achter me.

Zoals afgesproken werd het concert van die middag opgedragen aan de nagedachtenis van Vincent. Toen Corné dat zonder veel omhaal van woorden meldde, voordat het concert begon, kon je in de kerk een speld horen vallen. En toen sprongen we in het diepe.

Concentratie, daar ging het om. Niet de kerk inkijken. Niet zien hoe mensen misschien hun emoties niet konden bedwingen. Een vast punt ergens achter in de kerk, over de hoofden van de mensen heen. En vanaf de eerste noot zou ik alleen op Corné letten.

Die eerste noot was op het woord Singet, en wie had een beter woord kunnen bedenken? Het motet *Singet dem Herrn ein neues Lied* van Johann Sebastiaan Bach is een virtuoos stuk dat je niet zomaar onder de knie krijgt. Daarvoor moet je het zeker een aantal keren hebben gezongen. En dat hadden we. Al na de eerste maten voelde ik dat het goed was. We kregen het voor elkaar. Voor dit moment kregen we het voor elkaar, lukte het ons de muziek de baas te laten zijn. We vormden een geheel, ook nu. Na de laatste maat bleef het zo stil, dat ik de adem van de zangers om me heen kon horen.

Ik probeerde de concentratie vast te houden, toen daarna Remmelt Wijborch op het orgel Max Regers koraal *Jauchtz, Erd, und Himmel, juble!* inzette, maar het lukte me niet. Mijn gedachten zwierven rond en kwamen uit bij die plek achter het hoogkoor. Ik zocht afleiding door de gezichten in onze rij langs te kijken, trachtte hun gedachten te lezen. Misschien richtten die zich op hetzelfde als de mijne, al hadden zij er niet het sinistere beeld bij dat mij voor ogen stond: dat van de dood op de donkere grafzerk.

Bij het slotdeel speelden mijn emoties plotseling weer op. Verdomme, dacht ik, dat mag niet gebeuren. Nog niet. Ik richtte mijn blik op de noten die ik daarna moest zingen: nog een keer *Singet dem Herrn*, maar dan van Hugo Distler. Ik knipperde met mijn ogen om de mist te verdrijven, en bij de climax van Regers stuk, een daverend slot waarin het orgel alles gaf wat er in zat, was ik er weer.

We zongen Distler, met alle ritmische en ademloze bewegingen die het stuk kent. We stegen op en landden aan het eind weer stevig op onze benen, terug op de plavuizen van het hoogkoor. Het was klaar.

Toen het applaus was weggestorven, verlieten we het hoogkoor en liepen naar de sacristie. En pas toen we daar waren, brak de dunne lijn van de concentratie. Enkelen lieten zich wezenloos op een stoel neerzakken, sommigen met de handen voor het gezicht. Anderen legden met een strak gezicht hun muziek op de tafel. Misschien was hij er tijdens het zingen bij geweest, Vincent, maar nu drong in alle bitterheid tot ons door dat hij weg was. Voorgoed weg. Dit concert was een doel geweest, maar nu het voorbij was, wisten we niet meer wat we moesten doen.

Behalve Corné.

'Morgenochtend, negen uur,' zei hij.

Morgenochtend was ons volgende doel. Natuurlijk: de zondagse eredienst. We zouden Sweelinck zingen, psalm 23. Het was een psalm die we eerder hadden gezongen, dus dat zou geen problemen opleveren.

Sweelinck, dacht ik. Jan Pieterszoon Sweelinck, Remmelt Wijborch, Sjoerd, Vincent. Wat was het verband? De naam alleen al bracht me terug naar de harde werkelijkheid. Een werkelijkheid die uit een labyrint bestond. Dwaalweg troef.

Ik maakte ordelijke stapeltjes van de ingeleverde koorpartijen, draaide me om, en stond toen oog in oog met adjudant Posthumus. Iemand had hem in de sacristie gelaten. Ik merkte dat sommige zangers nieuwsgierig onze kant op keken.

'Ik heb genoten,' zei hij. 'Complimenten.'

Ik had hem niet gezien, maar hij was er dus bij geweest. Ik had het kunnen weten.

'Had u mij nodig?' vroeg ik.

'Ja.' Hij knikte.

Ik keek om me heen. 'Als ik eerst de muziek mag opbergen,' zei ik, 'dan heb ik daarna alle tijd.'

'Het duurt niet lang, denk ik. En ik zou ook de dirigent willen spreken.'

'Ik weet niet, of...' Maar zonder dat ik het merkte, was Corné achter ons komen staan.

‘Waarover?’ vroeg hij.

‘Och, wat vragen over uw koor. Mooi concert, trouwens.’

‘Dank u.’ Corné glimlachte beleefd. ‘Laten we maar even naar boven gaan.’

‘Ik blijf nog even hier,’ zei ik.

‘Ik vind u wel.’ Posthumus grijnsde naar me en liep toen achter Corné aan.

Ik keek hen na, terwijl ik doelloos wat bladmuziek verschoof. Hij vond me wel.

‘Wie is dat?’ vroeg Bernhard, die vlakbij stond.

‘Iemand van de politie.’

‘Wat komt die hier doen?’

‘Vragen stellen.’

‘Waarover?’

‘Ja, wat denk je?’ Ik duwde hem geïrriteerd aan de kant. ‘Laat me er eens bij.’

Hij ging zonder verder iets te zeggen opzij. We waren allemaal uit ons evenwicht. Ook ik.

Ik ordende de stapels muziek en schoof ze terug in de enveloppen. De laatste maten van het concert zoemden nog na in mijn hoofd, maar de gedachte aan Posthumus, die me nog wilde spreken, vertroebelde de sfeer alweer. Spreken, waarover?

‘Biertje?’ vroeg Julia, met haar blauwe leren jack al aan en haar rugtas om. ‘We gaan naar Broers.’

Julia.

Ik keek zoals altijd met plezier naar haar. Haar frisse gezicht omlijst door kleine, rossige krulletjes. De rimpeltjes boven haar neus die kwamen en gingen. Ze was voor in de twintig en ver buiten mijn bereik, tenminste als het op meer dan een vrolijke vriendschap aankwam. Ik was dol op haar, en dat wist ze. Zij was dol op mij, en ze wist dat ik het wist. Een plagerige flirt zo nu en dan maakte het leven aangenaam. Maar op een dag zou ze wegvliegen, zonder mij, dat wisten we. Wat wil je, een leeftijdsverschil van meer dan dertig jaar. Niet over zeuren.

‘Ik moet zo nog iemand spreken,’ zei ik. ‘Ik kom zo gauw mogelijk.’

'De man die hier net was, bedoel je?'

Ik knikte.

'Wie is dat?'

'Recherche.'

'Waarom wil hij jou spreken?'

'Tja.' Ik haalde mijn schouders op.

'Nou, poeier hem maar lekker af. Wij gaan vast een biertje drinken.'

De cantorij had een keiharde klap gekregen, maar het herstel was in aantocht.

Langzaamaan werd het rustiger in de kerk. Het publiek was nagenoeg vertrokken. De kosters waren bezig de klapstoeltjes op te ruimen. Van de cantorij was er niemand meer. Ze waren naar huis, of naar Broers. Ik legde de enveloppen apart op een stapel, omdat nog niet iedereen zijn muziek had ingeleverd.

Toen Posthumus wegbleef zette ik alle enveloppen in de kast recht, met de flappen naar buiten. Het was helemaal niet wat ik op dat moment had willen doen, en ik werd ongeduldig. Wat moest die man nou nog van me? Was ik nog steeds een verdachte? Dat zou ik hem dan voor de zoveelste keer uit zijn hoofd praten. Het idee alleen al.

Ik had in zijn ogen geen sluitend alibi, dat niet. Maar ik had ook geen enkel motief. En hoe hard Posthumus ook nadacht, een motief zou hij niet kunnen vinden.

Na nog een paar minuten, en met het beeld van een glas met schuimend bier voor ogen, stond ik op het punt om naar boven te gaan en te vragen of het er nog van kwam. Op dat moment hoorde ik voetstappen op de trap. Daar was hij, en alleen. Corné bleef zoals altijd na het concert boven. Dingen uitzoeken, het concert laten wegwaaien.

'Ik wil eigenlijk weg,' zei ik koeltjes.

'Ik hoorde zonet' – hij ging niet op mijn opmerking in – 'dat u het langstzittende lid van de cantorij bent.'

'Dat klopt.'

'Dat betekent dat u alle anderen hebt zien komen.'

'Mensen komen en mensen gaan,' zei ik berustend.

'Alleen u niet.'

Ik reageerde niet. Ik niet, nee. Waar zou ik heen moeten? Mijn bovenwoning had ik gerieflijk ingericht, maar ik was er meestal alleen. Mijn familie woonde ver weg, en ik had weinig contact met ze. Aan de relatie die ik een paar jaar had gehad met een collega van een andere school dacht ik nauwelijks meer. Die verhouding was eigenlijk vanaf het begin af aan op los zand gebouwd. We probeerden het nog leuk te maken door veel uit te gaan. Naar de schouwburg en filmvoorstellingen, soms voorafgegaan door een etentje in een bistro, meestal gevolgd door een drankje achteraf in een kleine kroeg. Maar onze gesprekken gingen niet diep genoeg om er voldoening uit te halen.

De enkele keer dat ik een vluchtige vriendin meenam naar huis, luidde meestal al meteen het eind in van iets wat niet echt zou beginnen. Ik werd er eigenlijk alleen maar treurig van, en de laatste tijd kwam het nauwelijks meer voor. De enige mensen om wie ik werkelijk gaf, waren de leden van de cantorij. Maar ja, zoals gezegd, die kwamen en die gingen.

'Dus als er, behalve uw dirigent, iemand is die me van alles over dit koor kan vertellen, bent u het wel.'

Ik voelde er niets voor om hem van alles over mijn medezangers te vertellen, en dat zei ik hem ook.

'Maar als het belangrijk is voor het onderzoek?' vroeg hij. 'Ik hoorde bijvoorbeeld dat het slachtoffer nogal een nauw contact had met' – hij keek in zijn aantekeningen – 'Maria Aldewereld.'

Corné, verdomme! Hij had de aandacht op Maria gevestigd. Zij had er niets mee te maken. Niemand van ons had er iets mee te maken.

Daar ging ik van uit.

Daar gingen we allemaal van uit.

'Maria staat hier helemaal buiten,' zei ik stijfjes.

'Volgens u.'

'Volgens iedereen hier. Iedereen die haar kent.'

10

Dat was natuurlijk helemaal niet zeker, net zomin als het zeker was dat iedereen Maria echt kende. De Maria die achter haar speelse, zelfverzekerde, uitdagende façade schuilging. Zelf had ik afgelopen maandag, toen ik de deur voor haar opendeed, een flits van onzekerheid gezien, van angst misschien wel. Dat waren signalen die ik niet van haar kende. Maar daarna was ze beheerst geweest als altijd. Stil, dat wel. Maar stil waren we allemaal geweest, ieder op onze eigen manier.

Toen ik uiteindelijk bij Broers binnenkwam – Posthumus liet het gesprek verder voor wat het was – zag ik Maria met een paar anderen aan de grote, ronde tafel zitten. Julia was er nog, en Agnes, Sander en Bernhard, Myrthe en Greet.

'Amsterdammertje,' zei ik tegen de langslopende serveerster. Ik had dorst, na een concert vol spanning, en daarna dat weerbarstige gesprekje met Posthumus.

'Amsterdammertje,' zei ze. 'Komt eraan.'

'Wat wou die man nou van je weten?' vroeg Julia.

'Niet alleen iets van mij,' zei ik ontwijkend. 'Ook van Corné. En ik denk dat hij wel meer mensen van de cantorij wil spreken, misschien wel iedereen.'

'Wij allemaal? Wat weten wij nou?'

'Dat vraagt hij zich natuurlijk af. En misschien weet je wel iets, waarvan je zelf niet weet dat je het weet. Iets wat niet interessant lijkt, maar het wel is.'

'Nou, hij komt maar langs, met mij zal hij gauw klaar zijn.' Ze nam een slokje van haar rosé. 'Wat een onzin.'

Ik keek het kringetje rond, en liet mijn ogen even op Maria rusten. Ze reageerde niet, en ging met haar vingertop langs de rand van haar wijnglas. Ik zag dat Julia ook naar haar keek, net als Myrthe.

Ik keek langs hen heen door het raam naar buiten. Plotseling zag ik op het bankje van de bushalte aan de overkant van de straat Raymond Bloem. Er waren meer mensen bij de halte, maar hij zat op dat bankje, ineengedoken, met zijn handen in zijn jaszakken, en hij keek naar de overkant. Naar ons.

Naar mij dus. Net als eerder die middag in de Domkerk, en ik wist nog steeds niet waarom. Ik had hem niets misdaan, ik had niets verkeerds over hem gezegd. Ik begreep het niet.

Ik wilde net de anderen op hem attent maken, toen er een bus kwam aanrijden. Hij stopte bij de halte, mensen stapten in en uit. Ik probeerde te zien waar Bloem ging zitten, maar ontdekte hem niet zo gauw tussen de andere passagiers. Ik zag hem pas toen de bus was weggereden. Hij zat er nog, in dezelfde houding, en hij staarde nog steeds onze kant uit.

Ik besloot hem te negeren, en wijdde me aan mijn Amsterdammertje, dat inmiddels was gebracht.

We praatten met elkaar en we probeerden allerlei onderwerpen aan te roeren. Maar er was niets aan te doen: steeds cirkelde alles om Vincent. Om wat hem was overkomen. Alleen Maria deed niet mee. Ze zat daar maar.

'Dus die rechercheur zoekt de dader misschien wel binnen de cantorij,' zei Sander.

We keken elkaar aan, en weer gingen we het rijtje langs, we deden het allemaal. Zelf was ik er zeker van dat Posthumus binnen niet al te lange tijd Maria zou ondervragen, en ik vervloekte Cornés loslippigheid eens te meer.

'Belachelijk idee,' zei Myrthe ten slotte. Ze was altijd nogal uitgesproken in haar mening, wat haar soms geïrriteerde reacties opleverde. Maar deze keer waren we het allemaal met haar eens.

'Je hebt gelijk,' zei ik. 'Niemand heeft een motief.'

We knikten allemaal instemmend – een duidelijk voorbeeld van collectief wishful thinking – en bestelden er nog eentje.

'Ik niet.' Maria stond plotseling op. Ze legde een paar euro naast haar halflege wijnglas, trok haar jas aan en zei: 'Tot morgen.' Ze was verdwenen voor we er erg in hadden.

Het bleef even stil, en we keken naar de deur waardoor ze was weggegaan.

'Ze praat er niet over,' zei Julia. 'Geen woord, al die tijd niet.'

'Zouden Vincent en zij echt wat gehad hebben?' vroeg Agnes, terwijl ze haar bril, die naar het puntje van haar neus was gezakt, met haar wijsvinger weer op haar plaats duwde.

'Hij was homo, lieverd,' zei Myrthe.

'Het een hoeft het ander niet uit te sluiten.'

Ik zag Maria langs het raam lopen, op weg naar haar fiets. Ze keek niet op of om.

En toen kwam er opeens beweging in de ineengedoken gestalte aan de overkant. Raymond Bloem was opgestaan en hij stak, nog steeds met zijn handen in zijn zakken, de straat over.

Hij liep tot vlak bij het raam, zonder ons nog één blik waardig te gunnen. Zonder aarzeling, doelbewust, ging hij op weg, dezelfde kant op als Maria.

Ik keek hem na, tot hij uit mijn gezichtsveld verdween. Had ik me dan zo vergist, en ging het helemaal niet om mij?

'Of hij was bi,' zei Bernhard. 'Wat denk jij, Peter?'

Ik schrok op. 'Wat?' zei ik.

'Dat Vincent misschien bi was.'

'Dat weet ik niet, hoor.' Ik keek nog steeds naar buiten, alsof ik verwachtte dat Bloem weer zou opduiken. 'Het zou kunnen.' Ik wist niet of het zou kunnen. Ik wist niet of dat wel echt bestond, bi.

Ik was er maar half bij. Ik had me vergist. Raymond was wel even kwaad op me geweest, maar dat was het. Die keren dat hij stond te staren, had hij niet naar mij gekeken. Ik probeerde me te herinneren wie er met mij uit de Gedachteniskapel waren gekomen. Maar het ging alleen maar om Maria, de anderen waren figuranten. Hij had naar Maria staan kijken, en nu leek het erop dat hij achter haar aan was gegaan.

'Momentje,' zei ik. Ik schoof mijn stoel naar achteren en stond op. 'Ben zo terug.' Ik haastte me naar de deur en ging naar buiten. Toen ik bij de hoek was en de Nobelstraat inkeek, zag ik verschillende mensen lopen, maar Raymond Bloem en Maria zag ik niet.

De najaarsmiddag was onverwacht mild en er waaide energie bij me naar binnen. Ik nam een besluit, ging als de wind weer naar binnen, en pakte mijn jas en mijn tas.

'Ga je al weg?' vroeg Julia. Ze klonk teleurgesteld.

'Ik, eh... ja. Tot morgen.' Ik legde geld op de tafel. 'Tot morgen.'

'Wacht even,' zei ze. 'Ik ga ook.'

Ik wachtte, drentelend en ongeduldig op weg naar de deur, tot ze me inhaalde.

'Is er iets?' vroeg ze, toen we buiten stonden.

Ik aarzelde. Wat ging ik doen? Op Maria passen? Die kon wel voor zichzelf zorgen. Die zou waarschijnlijk helemaal niet van de bemoeienissen van Raymond Bloem gediend zijn. Maar Raymond Bloem was een eng mannetje. Ik had me niet prettig gevoeld toen hij vanuit de verte naar me stond te staren. Hij was doelbewust achter Maria aangegaan, volgens mij. Ik vond dat toch een onprettig idee. Raymond straalde iets uit, wat me steeds minder beviel. Iets onbeheersbaars, iets obsessiefs. Als dat niet tegen mij was gericht, zoals het er nu naar uitzag, zou ik dat van me af kunnen zetten. Maar dat deed ik niet. Ik veronderstelde als vanzelf dat, als hij iets van Maria wilde, dat iets onplezierigs zou zijn. Al had ik geen idee wat hij dan zou willen. Het was alleen maar een gevoel.

'Zeg eens.' Julia stootte me aan. 'Wat is er?'

'Ik moet even... wacht.' Ik haastte me naar de hoek van de Drift, waar ze mogelijk rechtsaf waren gegaan. Ze haalde me in.

'Wat doe je geheimzinnig?' zei ze, half geamuseerd, maar vooral nieuwsgierig.

Ik gaf geen antwoord, maar keek, toen ik bij de Copyshop op de hoek was, de Drift in. Halverwege de Drift zag ik Maria staan, over haar fiets gebogen, alsof ze pijn had. Aan het eind van de straat zag ik iemand de hoek omgaan, naar Achter Sint

Pieter. Een kleine, gebogen figuur, dacht ik. Eigenlijk was het te donker om het goed te kunnen zien.

Ik liep naar Maria toe, met Julia in mijn kielzog. Ze stond nog steeds bij haar fiets, in dezelfde houding. De hand met haar fietssleutels hing werkeloos langs haar zij omlaag, en ze bewoog zich niet.

'Maria?' zei ik. 'Wat is er? Gaat het?'

Er ging een schokje door haar heen, alsof ik haar onder stroom had gezet. Ze kwam overeind en draaide zich om.

'O, zijn jullie het,' zei ze, toen ze ons herkende. 'Er is niks.'

Het klonk niet overtuigend.

'Was Raymond Bloem hier?' vroeg ik.

'Raymond Bloem?' vroegen ze allebei, de een verbaasd, de ander betrapt.

'Ik zag dat hij achter je aanliep.'

'Zie jij hem, zie ik hem?' Ze keek om zich heen, en opeens was er weer iets van haar oude zelfverzekerdheid te zien.

'Maar ik dacht...'

'Denk jij nou maar aan je enveloppen,' zei ze onverwacht pinnig. 'En bemoei je niet met mij.'

Ik tilde afwerend mijn handen op. 'Al goed,' zei ik beledigd. 'Ik wil alleen maar helpen.'

'Ik ben niet... Ik heb geen hulp nodig.'

Ik ben niet te helpen, dat was wat ze had willen zeggen en dat maakte me nog ongeruster. Ik ving de blik van Julia op, die een lichte hoofdbeweging maakte in de richting van de straathoek waar we vandaan kwamen.

Ik haalde mijn schouders op en liet me wegsturen. Met tegenzin liep ik terug. Achter me hoorde ik de stem van Julia, die iets vroeg, en die van Maria, die antwoord gaf. Ik kon het niet verstaan, maar het antwoord van Maria klonk een stuk toeschietelijker dan net.

Ik ging niet meer naar binnen bij Broers, ik had er geen zin meer in. Het was altijd prettig om bij elkaar te zijn, maar soms is alleen zijn beter. Ik haalde mijn fiets van het slot, ontweek een pizzakoerier met suïcidale neigingen, en reed naar huis: mijn bovenwoning in de Dollardstraat in de Rivierenwijk. Het was inmiddels zo goed als donker, maar de zachtheid van de avond zat nog steeds in de lucht, en ik was geïrriteerd omdat ik mijn energie niet kwijt kon.

De winkels gingen dicht en het wachten was op de eerste stappers die in de avond en de nacht het centrum zouden bevolken. Een niet duidelijk omlijnde dip tussen de ene spits en de andere.

Toen ik door de Twijnstraat naar het Ledig Erf fietste, besloot ik nog niet naar huis te gaan. Thuis zou ik alleen maar op de bank zitten en tv kijken. Ik had eens gelezen dat zelfs slapen meer energie kostte dan tv kijken, en ik was te onrustig om iets te doen wat geen energie kostte.

Ik zette mijn fiets vast aan een paaltje en liep door de poort naast het voormalige politiebureau het voetpad op dat onder langs de singel loopt. Ik ging zitten op het eerste bankje dat ik zag staan. Aan de overkant van het water ging het verkeer zijn gang. Ik keek ernaar, maar zag het lichaam van Vincent op de stenen kerkvloer. Ik kon niet loskomen van het beeld en het bleef maar terugkomen. Bizar was het, dit rituele beeld, met hem in het midden.

Er waren momenten dat wij van de cantorij ons allemaal vrienden noemden. Vandaag was zo'n dag.

Vincent.

Zijn vrolijke lach en zijn hoge, lichte stem, en alle geluk van de wereld. Alles had hem tot nu toe meegezeten. Zondagskind met een hele rits vrienden. Maar, zo was gebleken, met minstens één vijand, en ik kon niet bedenken wie dat kon zijn. Het raadsel bleef onopgelost.

Ik dacht opeens aan het briefje dat tussen zijn muziek had gezeten, met de twee raadsels erop. Ik haalde mijn portemonnee tevoorschijn en schoof een paar bankjes op, waar een lantaarnpaal stond. Ik vouwde het briefje open en las weer wat hij had opgeschreven. Ik zag nu dat het een boodschappenlijstje was, met melk, muesli, brood en stroopwafels erop. Met bovenaan 'Muzikale afstand tussen struikelen en neerkomen', en ergens aan de zijkant 'Eerste stap naar het lichaam van Christus.'

Ik ben niet goed in raadsels. Een kruiswoordpuzzel wil nog wel eens lukken, maar cryptogrammen bijvoorbeeld gaan me boven mijn pet. En hoe ik ook nadacht, voor deze twee raadsels kon ik geen oplossing verzinnen.

Ik zag een bus voorbijkomen, fietsers en auto's. Het leven hernám zijn loop niet; het leven was doorgegaan zonder te stoppen. Aan de overkant van het water waren allemaal mensen die niets van Vincent wisten, en hier op het bankje zat ik, met een briefje en een hoofd vol raadsels.

Het eerste raadsel leek me het meest toegankelijk, omdat het over muziek ging. De oplossing, al kon ik er nog niet opkomen, kon niet ver weg zijn.

Het zinnetje over het lichaam van Christus was cryptischer. Ik dacht aan een crucifix, of misschien een schilderij waarop Christus stond afgebeeld.

Een graf misschien? Het lichaam van Christus is volgens het Bijbelverhaal in geen graf meer te vinden. Christus is opgevaren ten hemel, zittend aan de rechterhand Gods, zoals elke zondag in de kerk wordt beleden.

De eerste stap naar de hemel dan misschien. Dan moest je eerst dood. De moord op Vincent was de eerste stap naar... Ik schudde mijn hoofd. Het sloeg nergens op, zeker niet als Vincent het raadsel zelf had bedacht.

Ik staarde naar het briefje in mijn hand en stond op. Ik ging niet naar huis, maar naar Gert. Kijken hoe het met hem ging. Mogelijk wist hij wat er met de raadsels werd bedoeld. Een beetje puzzelen gaf misschien wat afleiding. Ik schoof het briefje weer in het vakje van mijn portemonnee en liep terug naar mijn fiets.

Op weg terug, langs de Oudegracht, zag ik aan de overkant opeens Julia de andere kant op fietsen. Ze was alleen. Geen Maria. Ik liet mijn fietsbel rinkelen, maar ze ving het niet op. Ik overwoog even om haar achterna te rijden om haar te vragen hoe het met Maria was. En omdat ik het leuk vond om achter Julia aan te fietsen, natuurlijk.

Toch maar niet. Ik ging rechtsaf de Vrouwjuttenstraat in, stak de Lange Nieuwstraat over en reed door naar de Nieuwegracht.

Ik belde bij Gert aan, die thuis bleek te zijn. Zijn moeder was er niet, maar hij was niet alleen. Sjoerd zat bij hem.

'Hoe gaat het?' vroeg ik aan Gert.

Hij haalde zijn schouders op en zei dat het allemaal klote was.

'Eet je wel goed?'

'Ja.' Er kwam een mat grijnsje tevoorschijn. 'Moet van mijn moeder. Heeft ze gezegd.'

'Waar is ze?'

'Terug naar huis. We hebben gehoord dat Vincent... dat het lichaam van Vincent is vrijgegeven, en ze haalt kleren. Voor haarzelf.'

'Wanneer is de begrafenis?'

'Donderdag.'

Hij was onrustig. Niet de vrolijke onrust van de koperblazer, maar zoekerig. Hij bleef niet lang stilzitten. Liep steeds heen en weer om doelloze dingen te doen, zoals het verschuiven van een boek of een stapeltje papier.

Sjoerd stond op. 'Wil je koffie?' vroeg hij aan mij. 'Biertje misschien?'

'Doe maar een biertje.' Ik had de helft van mijn laatste Amsterdammertje bij Broers laten staan en ik had nog steeds een droge keel.

'Haal ik even.' Gert had het kennelijk niet in huis, en Sjoerd verdween naar zijn kamer.

'Ik moet nog een hoop doen,' zei Gert. 'Ik weet gewoon niet waar ik moet beginnen.'

'Je hoeft het niet allemaal alleen te doen,' zei ik. 'Laat de uitvaartdienst maar aan ons over.'

'Ik heb het al met Corné besproken.' Hij knikte. 'En ik heb enveloppen voor de kaarten. Sjoerd heeft aangeboden om te helpen met schrijven.'

‘Ik zou wel willen helpen,’ zei ik. ‘Maar mijn handschrift is waardeloos. Kan ik iets anders doen?’

‘Postzegels plakken? Verder zou ik het niet weten.’

Sjoerd kwam terug met een sixpack Heineken.

‘De flesjes zijn op,’ zei hij. ‘Maar bier is bier, zeg ik altijd.’

Er kon van alles gebeuren, goed of slecht, de stad kon instorten, maar bier bleef bier. Voor Sjoerd een hele geruststelling.

‘Wacht,’ zei ik tegen Gert, toen hij een doos met enveloppen naar zich toe trok. Ik pakte mijn portemonnee en haalde het briefje met raadsels tevoorschijn. ‘Dit zat tussen de muziek van Vincent. Raadsels. Weet jij misschien wat hij hiermee bedoelde?’

Gert pakte het briefje met een uitdrukkingsloos gezicht aan, maar ik zag zijn lippen even verstrakken toen hij het handschrift van zijn broer herkende. Voor het bovenste raadsel had hij niet veel tijd nodig.

‘Interval,’ zei hij. ‘De muzikale afstand tussen struikelen en neerkomen, interval.’

‘Leuk,’ zei Sjoerd.

Gert staarde een tijdje met gefronste wenkbrauwen naar het briefje. ‘Die onderste snap ik niet,’ zei hij. ‘Waar heeft hij dat nou vandaan, het lichaam van Christus?’

‘Geef eens,’ zei Sjoerd geïnteresseerd. Gert stak hem het briefje toe. Sjoerd keek er kort naar en knikte, als iemand die wist hoe het zat.

‘Dit heeft Vincent niet bedacht,’ zei hij. ‘Dit raadsel komt van Wijborch.’

‘Remmelt Wijborch?’ vroeg ik verbaasd.

‘Nee.’ Sjoerd schudde zijn hoofd. ‘Anthony Wijborch. Domorganist in de zeventiende eeuw.’

11

Gert had natuurlijk geen flauw idee waar Sjoerd het over had, maar ik veerde op.

'Komt dat nou uit die brief?' vroeg ik.

Sjoerd knikte.

'Brief?' Gert was nu het spoor helemaal bijster.

Sjoerd wachtte even. Hij aarzelde of hij zijn verhaal zou prijsgeven of niet. Toen knikte hij weer.

'Het betreft een brief uit het familiebezit van de Wijborchs,' zei hij. 'Een brief met een verhaal.'

Dat wist ik dus al, maar vanaf dit moment was het verhaal voor mij net zo nieuw als voor Gert.

'Het gaat om een ontmoeting van Anthony Wijborch met Sweelinck,' zei Sjoerd. 'Tijdgenoten die in hetzelfde jaar zijn overleden.'

'Dus ze kenden elkaar?' vroeg ik.

'Niet echt goed, vermoed ik,' zei Sjoerd. 'Daar is niets over bekend, tenminste. Maar over die ene ontmoeting gaat dus die brief.'

'Was dat hier, in Utrecht?' In gedachten zag ik Jan Pieterszoon Sweelinck, met zijn parmantige sikje en zijn keurig gesteven kraag, door de Domkerk wandelen en de zuilen aanraken. Net als ik. Ik zag hoe hij naar de gewelven keek en naar het spel van licht en schaduw, op het moment dat het zonlicht door de ramen viel. Maar toen was de Domkerk anders, groter, met een middenschip tot aan de toren.

'Nee, het was in Amsterdam. Van een bezoek van Sweelinck aan Wijborch is niets bekend. Sweelinck was niet zo'n reiziger.'

'O nee? Ik dacht dat hij heel veel leerlingen had, in het buitenland. Duitsland en zo.'

'Dat klopt. Maar die kwamen allemaal naar hem toe. Ze reisden af naar Amsterdam om les van hem te krijgen.'

'Die Sweelinck, toe maar.'

'Het stadsbestuur van Amsterdam gaf hem ook geen toestemming voor een lang verblijf buiten de stad. Hij moest regelmatig het orgel bespelen voor de bezoekers van de Nieuwe Kerk, daarom kon hij helemaal niet voor lange tijd weg. Korte reizen waren wel mogelijk. Hij bezocht bijvoorbeeld vaak de Muiderkring, en waarschijnlijk gaf hij les aan de dochters Van Hooft. En hij speelde daar natuurlijk...'

'Wacht.' Gert viel hem in de rede. 'Laat dat maar zitten. Wat is er met die brief?'

Sjoerd stopte, een tikje beledigd omdat zijn college werd onderbroken. 'Ik heb er een kopie van,' zei hij. 'Ik haal hem even.' Hij ging de kamer uit en ik hoorde hem de trap afgaan.

'Wat is dat voor geheimzinnigs?' Gert keek me vragend aan. 'En wat heeft dat hiermee te maken?' Hij keek naar het briefje in zijn hand, en Vincent stond weer even in de kamer. Zijn schaduw streek over de raadselachtige woorden op het stukje papier.

'Ik ken die brief ook niet,' zei ik. 'Ik weet alleen dat hij bestaat. En nu dus ook dat dat raadsel van Vincent erin staat.'

Gert schudde zijn hoofd, zijn blik dwaalde af naar het raam, naar iets in de verte. Bij hem ging het licht nog aan en uit, in een onvoorspelbare frequentie.

Het bleef stil, tot ik de voetstappen van Sjoerd hoorde, op de trap. Hij kwam de kamer weer in.

'Alsjeblieft,' zei hij, terwijl hij twee A4'tjes op tafel legde. 'Kijk maar eens wat jullie hiervan vinden.'

Gert bewoog zich niet, en ik haalde de vellen naar me toe. Het waren kopieën van een brief, of brieven, met rafeltjes aan de randen, geschreven in het Nederlands van een paar honderd jaar geleden. Het zag er oud uit.

'Dat is nog behoorlijk goed te lezen,' zei ik. 'Voor zo'n oud document.'

'Ze maakten toen papier van vodden,' zei Sjoerd. 'Het is veel beter tegen de tijd bestand dan het papier van nu.'

Ik schraapte mijn keel en las de brief langzaam voor, soms struikelend over de archaïsche, zeventiende-eeuwse woorden.

De tweeden February in het Jaer des HEEREN 1621

Aen myne Kinderen en Kindskinderen

GOD geeve dat U, mijn lieve Kinderen, Uw leeven wel gheleeft hebt en dat de HEERE U gesheegent heeft. Ik dank GOD voor het Zuur en het Zoet dat Hy my bedeelt heeft, maer beken ootmoedig de Schuld die ik op my ghelaeden heb. Ik heb kwaet ghedaen, en mooge GOD die in alle Herten ziet my vergheeven. Ik heb evenwel niet de Moet in dit aertse Bestaen myn schandelijke Daet te bekennen. Myn Eer zo te bezoedelen valt mij zwaer. En ach, de Temptatie is te groot. My doorboort de Zucht naer Eer en Roem, de eenige Schatten die ik U kan naelaeten. Eer en Roem, die ik waerachtig wel verdient heb maer evenwel nog niet mocht smaeken.

Dient de eer van de Stad Utrecht niet hooggheouden te worden? Het is immers altoos Amsterdam, Amsterdam, die ryke Stad, en nooit eens Utrecht!
Ja, Amsterdam heeft tot het laetst met de Spanjool gheheult en de Prins verraeden, en Utrecht heeft de Unie ghebaert. Maer hoe kort is niet de Ghedachtenis der Menschen!
En ter Gods Eere hebben wy de Kattedrael, een der grootste en treffelykste van het Christenryk en geciert met het heerlykste Orgel, aen de Paepen ontrukt!
Maer geen Vreemdeling pryst de Dom en zijn Organist, Meester Anthony van Utrecht. Het is altoos Meester Jan van Amsterdam. Er benne Moffen die naer Amsterdam loopen en wel 200 Guldens betaelen om de Orgelkunst te leeren van Meester Swelingh.

Ik beken, ik heb het tiende Ghebot onzes Heeren verbroken. Toen ik in Amsterdam Gast ten zynen Huize was en hy het vertrek verliet om een burgemeester te begroeten – die waerachtig zyn Hoet voor hem afzette – hebben Nyd en Afgunst my overmeestert. Ik heb een Compositie van hem ghepakt en in myn Broek ghestooken, een nieuw Werk met het Zant er nog op. Ik dacht, zoo hy voor my sterft, dan presenteer ik het Motet als van myn Hant. Meester Jan Pietersz. is een out en ziekelyk Man, wat dient hem nog Roem en Rykdom? En ik zal eenmael de Vreugde smaeken van de Lofpryzing, van de Verbaezing der Liefhebbers van de Konst der Musica, dat Antony Wyborch toch welzeeker ook een groot Meester is.

Het is Dieverij, en in myn Herte weet ik dat Meester Swelingh waerlyk grooter is dan ik, maer Ghy kent het Spreekwoort dat het onghegunde Broot het meest ghegeeten wort. Vergeeft my, zoals ik hoop dat ook GOD my vergeeven zal.
Ik verberg het Motet op een gheheime Plaets in de Dom. Wie immers weet wanneer zyn Stervensuur ghekoomen is? Daerom heb ik U deze Brief Ghelaeten, met de Vraag, het Zeegel te verbreeken als het GOD behaegt my eerder tot zich te neemen dan Meester Swelingh.
Zoo zult U myn Schanddaet verneemen. Ik geef U echter ook een Aenwyzing waar het Motet verborgen is.

de eerste Stap naar het Lichaem van Christus

Dit slechts laet ik U na, een Raedsel.

Uw liefhebbende Vaeder

Antony Wyborch

'Die Anthony toch,' zei ik, terwijl ik de brief neerlegde. 'Wat een verhaal.'

‘Dus hij heeft muziek gestolen van Sweelinck.’ Ook Gert was geïntrigeerd. ‘Orgelmuziek?’

‘Dat weten we dus niet,’ zei Sjoerd. ‘Het zou kunnen. Er zijn in de nalatenschap van Sweelinck aantekeningen gevonden over een paar chansons die zouden moeten bestaan, maar die nooit zijn opgedoken. Het zou kunnen dat het om die werken gaat. Ze zouden in 1620 zijn geschreven.’

‘Wat staat er precies in die aantekeningen?’ vroeg ik.

‘Nee nee,’ zei Gert. ‘Doe dat nou niet, niet afdwalen. Bespreken jullie dat later maar. Ik wil weten wat Vincent hiermee te maken heeft. Hoe komt het dat hij dit raadsel kende?’ Hij had een koortsachtige blik in zijn ogen, waaraan ik kon zien dat voor hem maar één ding telde. De inhoud van het muziekstuk interesseerde hem niet echt, maar hij wilde het motief van de moord op zijn broer achterhalen. Het woord ‘zinloos’ was voor hem onacceptabel.

‘Oké.’ Sjoerd zuchtte. ‘Om te beginnen was er een gastcollege van Remmelt Wijborch op de faculteit muziekwetenschappen. Vincent en ik waren er allebei. Het ging over de orgels van de Domkerk. Interessant.’

‘Welke orgels? Alle vijf?’

‘Alleen de Bätz-orgels. Wist je trouwens dat er een groot aantal registers van het oude orgel van Swart uit de zestiende eeuw is overgezet naar het grote orgel?’

‘Sjoerd!’ Gert ontplofte bijna van ongeduld.

‘Ja, sorry. Nou goed, na afloop was er nog een borrel, en daarna gingen we met een stel de stad in. Remmelt was er ook bij. We kwamen bij de Florin terecht. Daar tappen ze pints. Dus.’

‘Dus?’

‘Dus begon onze organist al snel behoorlijk aangeschoten te raken. Het werd steeds gezelliger, en ten slotte kwam er niet veel verstandigs meer uit. Uit de meesten van ons niet en uit Remmelt zeker niet. Ik was zelf nog behoorlijk helder.’

Dat verbaasde me niet. Sjoerd was een ervaren innemer. Die kreeg je er niet zomaar onder.

'Ja, en toen?' vroeg Gert ongeduldig.

'We zaten op een gegeven moment nog met zijn drieën aan een tafel, Vincent, Remmelt en ik, toen Remmelt opeens over zijn voorvader Anthony begon te brabbelen. Hij had het dus over een brief, die hij bezat. Een brief van Anthony.'

'Deze?' Gert wees naar de tafel.

'We snapten er eerst niet zoveel van, maar later bleek het inderdaad om deze brief te gaan. Hij bleef er maar over doorgaan, weet je. Totdat hij letterlijk van zijn stoel viel.'

'Nou, nou, nou,' zei ik. Ik kon me de steile Remmelt, met zijn pak en zijn kaarsrechte scheiding, dronken in de Florin, maar moeilijk voorstellen.

'Dat zei die barkeeper ook.' Sjoerd grijnsde. 'Hij zei dat we hem maar snel naar huis moesten brengen. Dat hij dat niet kon hebben in zijn zaak. Nou, dat hebben we gedaan. We hebben een taxi gebeld.'

'En hem thuis in zijn bed laten vallen,' zei ik.

'Uiteindelijk wel. Maar eerst hebben we er wat koffie in gegoten. We waren natuurlijk nieuwsgierig naar die brief.'

'Heeft hij hem laten zien? Zomaar?'

'Hij moest ervoor naar de boekenkast en hij lazerde twee keer om voor hij er was, maar hij heeft hem ten slotte gevonden. Er stond een raadsel in, zei hij. En misschien konden wij hem helpen. Omdat we muziekwetenschappen studeerden. Niet dat hij het woord muziekwetenschappen nog kon uitspreken, maar we snapten wat hij bedoelde.'

'En toen?' vroeg Gert weer.

'Toen viel hij definitief om. We hebben hem op zijn bed gelegd, en hij was meteen totaal van de wereld. Er stond een kopieerapparaat bij zijn computer, dus we hebben die brief gekopieerd en zijn zo stil mogelijk vertrokken, Vincent en ik.' Hij staarde voor zich uit, en hij was opeens helemaal geen onbezorgde student meer. Hij ademde diep in en uit en haalde zijn schouders op. 'Het was een dolle avond,' zei hij.

Gert stond op. 'Er is iets wat ik niet begrijp,' zei hij, terwijl hij naar het raam liep. 'Waarom staan die twee raadsels op dat briefje? Wat hebben die met elkaar te maken?'

'Dat van het lichaam van Christus heeft hij misschien opgeschreven om er elke keer aan herinnerd te worden,' zei Sjoerd. 'Vincent kon het niet uitstaan dat er een raadsel bestond waarvan hij de oplossing niet wist. Hij had het er de dagen daarna voortdurend over.'

'Maar dat andere, van die interval?'

'Dat was waarschijnlijk van hemzelf.' Sjoerd haalde zijn schouders op. 'Hij verzon toch altijd raadsels, dat weet je zelf ook.'

Gert knikte.

'Maar die compositie is dus nooit gevonden,' zei ik. 'Dus dat is wel een bijzonder geheime plek, waar hij die heeft verstopt.'

'Of hij heeft die helemaal niet verstopt.' Sjoerd woog zijn lege bierblikje op zijn hand.

'Maar dan zou er toch iets bekend moeten zijn van een compositie van hem, die eigenlijk van Sweelinck is. Heeft Wijborch sowieso ooit iets gecomponeerd?'

'Niets van bekend.'

'Nou dan.'

Gert draaide zich om. 'Wie is er eerder doodgegaan?' vroeg hij. 'Sweelinck of Wijborch?'

'Kijk,' zei Sjoerd tevreden. 'Dat is precies de vraag waar het om draait. Ze zijn allebei in hetzelfde jaar overleden, 1621 om precies te zijn. Anthony Wijborch in mei, en Sweelinck in oktober.'

'Dus Wijborch ging te vroeg dood,' zei ik. 'Kantje boord, maar toch. Wel sneu.'

'En die compositie is dus nooit boven water gekomen. Die ligt nog steeds op zijn geheime plek, als het goed is. Bij de eerste stap naar het lichaam van Christus. We weten alleen niet waar dat is.'

Het lichaam van Christus in de Domkerk. Ik ging de kerk in gedachten rond, ik kwam binnen door de hoofdingang aan het Domplein. Ik passeerde de kapellen aan mijn rechterhand, die van Van Veen en Van Montfoort, de laatste vanwege de opslag van de voorraden voor het theehuis ook wel oneerbiedig 'de Soepkapel' genoemd. Geen lijntje naar het lichaam van Christus in die hoek. Ook niet bij de doopvont, die dateerde van na de laatste restauratie. Vanaf de preekstoel met daarboven het orgel keek ik de kerk in. Aan de overkant lag wel een lichaam, in steen dan, maar dat was van baron Van Gendt.

Ik ging de kooromgang door. In de kapel van Diepholt was na de restauratie een muurschildering tevoorschijn gekomen van de gekruisigde Christus.

Dat was één.

Voorbij de deuren naar de winkel en het theehuis was een reliëf aangebracht van de kruisiging, maar dat zat er ook nog maar kort, en het was een leenstuk van het Catharijneconvent.

Dan de straalkapellen, en daar was het Heilige Graf: een afbeelding van het liggende lichaam van Christus, na de afname van het kruis.

Dat was twee.

'Het Heilige Graf, dat kwam natuurlijk het eerst in ons op,' zei Sjoerd, die mijn gedachten leek te hebben gelezen. 'Maar die eerste stap, daar zaten we mee. Die kan overal zijn. Het hangt ervan af waar je begint te lopen, snap je?'

Ik snapte het.

'En in of bij het Heilige Graf zelf hebben we niets gevonden.'

'Dus daar hebben jullie wel gezocht?'

'Natuurlijk. We hebben overal gezocht, Vincent en ik. Maar Remmelt ook.'

'Wat vond hij ervan, dat jullie de brief hadden gekopieerd?'

'Hij zei dat we het ook gewoon hadden kunnen vragen. Maar toen zei Vincent dat hij te bezopen was geweest om antwoord te kunnen geven, en daar had hij natuurlijk gelijk in. En Remmelt was er zelf over begonnen, omdat hij hulp zocht bij het oplossen van het raadsel.'

'Dus hij was niet echt kwaad.' Ik had gehoopt een spoor te hebben gevonden dat leidde naar de moordenaar van Vincent, maar nee. Het was ook nauwelijks voor te stellen dat Remmelt Wijborch zoiets zou doen. Maar, dacht ik meteen, van wie kon ik me dat eigenlijk wél voorstellen? En waarom was Vincent het slachtoffer, en niet Sjoerd?

Toch zou adjudant Posthumus dit een bijzonder interessant verhaal vinden. Ik was alleen niet van plan het hem te vertellen; nog niet. Remmelt Wijborch was in de muziek toch een van ons. Ik voelde me bijna schuldig dat ik in zijn richting had gedacht.

'Nee, daar was hij niet kwaad om,' zei Sjoerd. 'Maar je weet hoe Vincent is... kon zijn. Beetje plagerig zo nu en dan. Steeds maar tegen Remmelt zeggen dat hij de oplossing bijna had, maar dat hij die voor zichzelf zou houden. Dat hij de ontdekker van een onbekende compositie van Sweelinck zou zijn. Daar kon Remmelt helemaal niet tegen.'

Het kon geen reden zijn om iemand om het leven te brengen, dacht ik. Maar ik had me dan ook nooit bezig gehouden met de redenen die iemand kon hebben om een ander van het leven te beroven.

Ik wilde het gesprek op gang houden. Het zou Gert een tijdje afleiden. 'Op welke plekken hebben jullie gezocht?' vroeg ik.

'Je kunt beter vragen waar we niet hebben gezocht.'

'Het orgel?' vroeg Gert.

'Dat was er toen nog niet, natuurlijk. Het Swart-orgel hing in die tijd aan de noordkant van het koor. Waar nu de balgenkamer is.'

'Ach ja, natuurlijk.' Gerts hoofd zakte weer iets dieper tussen zijn schouders.

'Het oude orgel is er dus niet meer, tenminste niet helemaal. Toen de gebroeders Bätz het grote orgel bouwden, hebben ze meer dan duizend pijpen uit het oude orgel opnieuw gebruikt, zoals ik al zei. En als ze toen iets hadden gevonden, zouden we dat hebben geweten.'

'En ongeveer de helft van de kerk die er in 1621 stond, is weg,' zei ik.

'Zo is het. Misschien is al het zoeken wel vergeefs geweest.'

'En als dat manuscript niet wordt gevonden, vergaat de wereld dan?' vroeg Gert wrevelig.

Sjoerd wilde bijna zeggen dat dat inderdaad het geval zou zijn, maar na even nadenken schudde hij zijn hoofd.

'Dan blijft alles zoals het was,' zei hij met een scheef grijnsje.

12

In de dienst van die zondag overschaduwde de dood van Vincent alles. Er werd aandacht aan geschonken in de voorbeden en in de preek. Dominee VanderGracht, zijn rijzige gestalte in de witte toga als een lichte vlek afstekend tegen het donkere eiken van de preekstoel, sprak in sobere woorden over de veilige en vertrouwde plek die de kerk normaal gesproken was, maar nu opeens even niet meer.

Ik ving er wel wat van op, maar mijn gedachten dwaalden steeds af. Naar Vincent. Naar Gert en zijn moeder. Ik bedacht hoe de cantorij voor altijd veranderd was. Omdat ik wist dat we, ook als alles weer normaler leek, op verwachte en onverwachte momenten weer zouden worden herinnerd aan wat er was gebeurd. Omdat er een gat in onze rangen was geslagen.

Ik bleef, als iemand die in het stikdonker zijn bril is kwijtgeraakt, zoeken naar een dader. Ik dacht aan het merkwaardige verhaal over Anthony Wijborch, keerde er steeds naar terug. In andere omstandigheden zou zo'n verhaal alleen maar spannend zijn geweest, maar nu leek er meer aan vast te zitten. Verdachtmakingen en sinistere verbeeldingen, en weer overwoog ik de mogelijkheid om de politie in te lichten. Maar nee, ik wilde het zelf oplossen.

De cantorij deed tijdens de dienst wat er van haar werd verwacht. We zongen liedzettingen, de onderdelen van het ordinarium. Psalm 23 van Sweelinck zongen we zonder missers, maar ook zonder al te veel overtuiging. Er lag een matheid over ons, die zich niet liet wegzingen. Corné probeerde dat aanvankelijk wel, maar toen hij merkte dat het niet lukte, beperkte hij zich tot het op de rails houden van wat we nu eenmaal moesten doen.

Ik hoorde het tijdens de toebereidselen van de dienst vanaf de heilige tafel, en het drong niet direct tot me door, maar bij het breken van het brood klonken de woorden: het lichaam van Christus. De handeling wordt elke zondag verricht, en ik had de begeleidende woorden zo vaak gehoord dat ik er geen aandacht aan schonk.

Het lichaam van Christus, daar was het, maar ik kon er geen chocola van maken. Vooral 'de eerste stap' ernaartoe maakte het onbegrijpelijk. Mijn gedachten bleven om de woorden heen draaien, zodat ik zonder dat ik er erg in had het brood en de wijn aan me voorbij liet gaan, maar het bleef een raadsel.

Toch bleef ik er tijdens het orgelspel na de dienst, toen ik zoals gewoonlijk op het hoekje van het hoogkoor zat om het geluid van het orgel over me heen te laten komen, mee bezig.

In de kerk verliep alles zoals elke zondag na de dienst. Mensen stonden in de rij om de dominee een hand te geven. Anderen stonden bij de koffietafel met elkaar te praten, ongetwijfeld ook over de gebeurtenissen van een week geleden. Hier en daar zaten mensen in de banken naar het orgel te luisteren. Remmelt speelde het *Konzert in a Moll* van Bach, naar het concert voor twee violen van Antonio Vivaldi. Het genie van Bach en het zonlicht van Vivaldi in één verlichtte het gewicht van de dag.

Kinderen zaten elkaar achterna, de hele kerk door. Kinderen laten zich door niets van hun spel afhouden.

Johan de Vlieger verzamelde de microfoons en doofde de kaarsen op de avondmaalstafel. Hij duwde de nog zachte bovenranden naar binnen om het uitzakken tegen te gaan en doofde met zijn natte wijsvinger de smeulende pitten. Ik keek ernaar en ik vond het absurd dat alles wat toch zeker helemaal niet belangrijk was maar doorging. Wie had dat bedacht, van die natte vinger? Terwijl ik natuurlijk best wist dat de moord op Vincent geen reden was om de kaarsen niet met de nodige zorgvuldigheid te doven.

Om dat alles heen stond de Domkerk, hoog, licht en grijs. Alles al eens gezien, al meer dan zevenhonderd jaar onberoerd door wat er zich binnen haar muren afspeelde. Als ik er niet meer was, als niemand meer zou weten wie Vincent Brinkhof was, zou ze er nog staan, net als nu. Tijd heelt misschien niet alles, maar relativeert wel.

Van links kwam Raymond Bloem aanlopen. Zonder aandacht aan me te schenken, zijn blik omlaag gericht, liep hij voor me langs. Ik keek onwillekeurig om me heen, maar ik zag Maria niet. Misschien was ze in het theehuis, of was ze al weg. Ik had Julia nog niet onder vier ogen gesproken, dus ik wist niet of Maria haar iets over Raymond had gezegd.

En net terwijl ik daaraan dacht, zag ik Julia bij de sacristie vandaan komen. Ik stond op en liep naar haar toe. Midden in de kerk kwamen we bij elkaar.

Ze was in het zwart gekleed. Spijkerbroek, een T-shirt met een lage hals en een kort vest eroverheen.

'Ik las laatst dat mensen met rood haar zeldzamer worden,' zei ik.

Ze glimlachte. 'Ik word zeldzaam,' zei ze. 'Cool.' Alle ellende was even ver weg.

'Ik wou nog wat vragen,' zei ik.

'Ga je me uitnodigen voor een etentje?'

'Dat ga ik zo dadelijk doen, wacht maar. Nee, het gaat over Maria. Wat was er nou met haar, gisteren?'

Haar blik werd ernstig, bezorgd bijna. 'Ze was nogal in de war,' zei ze. 'Ze kon haar fiets niet van het slot krijgen. Niks voor haar.'

'Maar wat zei ze dan?'

'Waarom ben je zo nieuwsgierig?' Ze keek me onderzoekend aan. 'Vanwaar opeens die belangstelling?'

Ik haalde mijn schouders op. 'Ik weet het niet precies,' zei ik. 'Ik maak me zorgen, geloof ik.'

'Om haar? Over haar en Vincent?'

Ik aarzelde. Ik haalde me misschien allerlei onzin in mijn hoofd, en ik wilde mezelf niet belachelijk maken.

'Zeg het maar,' zei ze. 'Gooi het er maar uit.'

De wijsheid van die jonge mensen. Niet dat ze nergens mee zitten, maar ze gooien het er wel uit.

‘Raymond Bloem,’ zei ik.

‘Ik zag hem net nog.’ Ze keek om zich heen. ‘Je had het gisteren ook al over hem. Waarom?’

‘Zei Maria nog wat over hem?’

‘Nee. Ze zei alleen dat er niks was waar ik wat aan kon doen.’

‘Dat was het? Meer niet?’

‘Nee, meer niet.’ Ze dacht even na. ‘Alleen, toen ze eindelijk haar fiets van het slot had en opstapte, mompelde ze nog iets.’

‘Wat?’

‘Ik kon het niet goed verstaan. Het klonk als “laat hem de klere krijgen”.’

‘Wie dan?’

‘Weet ik het? Misschien bedoelde ze jou wel.’

‘Ja, vast. Dus ze noemde hem niet? Raymond Bloem, bedoel ik?’

‘Nee.’ Ze keek opzij. ‘Daar gaat hij,’ zei ze.

Raymond liep voor de preekstoel langs, zag ik, in de richting van de doopvont. Zonder iets te zeggen keek ik hem na, tot hij achter de zuil uit het zicht verdween.

‘Je doet weer geheimzinnig,’ zei ze. ‘Koffie?’

Ik knikte en liep met haar naar de koffietafel.

In het theehuis zag ik Maria niet, en Raymond Bloem evenmin. Ik ging bij een paar zangers aan de ronde tafel zitten, maar ik mengde me niet in de gesprekken. Ik staarde naar buiten en dacht na. Waar ik het vandaan had was nog steeds onduidelijk, maar er hing onheil in de lucht als ik aan die twee dacht, al kon ik niet bedenken waar dat vandaan kwam. Maria had veel bewonderaars, en het zou kunnen dat Raymond een van hen was. Maar ik kon me niet voorstellen dat ze aandacht aan hem zou schenken, laat staan dat ze samen iets zouden hebben, of zouden hebben gehad. Als ze al buiten haar huwelijk het avontuur zou zoeken, dan vast niet met hem, klein, schichtig en onooglijk als hij was. Niet haar niveau, niet haar stijl, als je het mij vroeg.

Maar dat was ik ook niet, dacht ik mismoedig. Niet dat ik

pogingen in die richting zou doen, maar de wetenschap dat een vrouw als zij niets zou zien in een tamelijk kleurloos iemand als ik, gaf me toch een uitgeblust gevoel.

De stemming was nog steeds mat.

'Het was helemaal niks vandaag,' zei Myrthe somber, zoals gewoonlijk zonder omhaal.

'Dat is niet zo gek.' Ilje roerde in zijn koffie. 'Na zo'n week. We zijn leeg.'

'Wat? Leeg?' Reginald was Engels, en met zijn rossige haar en zijn sproeten een waar prototype. Hij sprak steeds beter Nederlands, maar hij miste zo nu en dan wat woorden.

'*Empty*,' zei Ilje.

'*Emotionally*,' voegde Myrthe eraan toe.

'O, zó bedoel je.' Reginald knikte.

'Ik heb het echt even gehad.' Myrthe weer.

'Wat wil je daarmee zeggen?' vroeg Thérèse. 'Ga je nu afhaken?'

'Er zit geen muziek meer in me.' Myrthe kreeg iets opstandigs.

'Maar we hebben elkaar juist nu nodig,' zei Thérèse. Ze ging rechtop zitten en duwde haar borsten naar voren, alsof het daar allemaal in zat. 'Nu moeten we laten zien dat we één groep zijn, innerlijk verbonden. Dat is de uitdaging. Dat we dichter bij elkaar kunnen komen dan ooit.'

'Jezus, Thérèse, hou toch op. Wat wil je, sensitivitytraining?' Myrthe maakte een wegwerpgebaar.

'O, bestaat dat nog?' Ilje roerde in zijn koffie. 'Is dat niet heel erg jaren tachtig, of zoiets?'

'Niks voor ons,' zei ik. 'We zingen al samen, dat is volgens mij genoeg.' Er werd geknikt, en ik wist dat ik zomaar gelijk had.

Thérèse zweeg beledigd, en Myrthe stond op. 'Ik ga naar huis,' zei ze.

Het leek of iedereen daarop zat te wachten. De koffie was op en niemand voelde voor een tweede ronde, want opeens gingen ze allemaal. Julia legde nog even een hand op mijn schouder.

'Allemaal naar huis,' zei Ilje. 'En morgen allemaal weer hier.'
Morgen, dat was maandag. Repetitieavond.

Omdat ik mijn koffie nog niet ophad bleef ik nog even zitten. Ik staarde naar het tafelblad en dacht gefrustreerd na over de brief van Anthony Wijborch. Ik pijnigde mijn hersens, maar de verlossende doorbraak kwam niet.

Om me heen klonken stemmen. Toeristen mengden zich onder de nablijvende kerkgangers. Ik zag niemand die ik goed genoeg kende om een gesprek mee te beginnen, dus dronk ik de rest van mijn koffie op en wilde opstaan.

Op dat moment zag ik Remmelt Wijborch binnenkomen. Hij keek om zich heen, zag mij in mijn eentje aan de ronde tafel zitten, aarzelde even, en kwam toen op me af. Een lichte handbeweging en de blik in zijn ogen vertelden me dat hij me iets wilde zeggen, of vragen.

'Ha, Remmelt,' zei ik, toen hij ging zitten.

'Zo.' Hij keek me aan. 'Gaat het?'

Gaat het? Die vraag had ik niet verwacht. Natuurlijk ging het. Het gaat altijd, al gaat het niet altijd voorspoedig. Een psychotherapeut had eens tegen me gezegd: 'Alles gaat zoals het gaat, en dat is goed.' En toen ik kwaad protesteerde omdat het helemaal niet goed ging, zei hij: 'Ik zei niet dat het altijd leuk is, ik zei dat het goed is.' En daar kon ik het mee doen.

'Het gaat zoals het gaat,' zei ik.

Hij knikte, maar zijn gedachten waren ergens anders. Het was zomaar een vraag geweest. Hij bewoog zijn vingers over het tafelblad, alsof hij naar toetsen zocht, en keek me aan, een tijdje zonder iets te zeggen. Zo lang, dat ik me ongemakkelijk begon te voelen.

'Jij bent toch bevriend met Gert Brinkhof?' zei hij opeens. 'De broer van Vincent?'

Ik knipperde verrast met mijn ogen, zei dat dat zo was, en wachtte af, benieuwd waar hij heen wilde. Maar hij wilde niets van Gert, zoals even later bleek. Gert was een omweggetje.

'Dus je kent Sjoerd Halbersma misschien ook wel?'

'Die woont in hetzelfde huis, dus die kom ik wel eens tegen.'

'Hm.' Hij keek naar zijn handen, een frons tussen zijn wenkbrauwen. 'En Vincent, hoe goed kende je die?'

'Wat is dit?' zei ik. 'Een kruisverhoor?'

'Ik wil weten of ze hun mond voorbijgepraat hebben.'

'Wat bedoel je? Waar heb je het over?'

'Het gaat over iets, dat...'

'Ja?' Ik wachtte tot hij me zou zeggen waar het over ging, al wist ik dat al. Maar het leek me beter als ik het initiatief aan hem over zou laten.

Hij schudde zijn hoofd. 'Laat maar,' zei hij. 'Als je nu niet weet waar ik het over heb, heb ik niks aan je.'

'Nou, sorry, zeg.'

Hij keek naar de mensen in de pandhof, en ik zag meer dan dat ik het hoorde, dat hij zacht iets mompelde.

'Wat zeg je nou?' vroeg ik.

'Bemoei je er maar niet mee.' Hij schoof zijn stoel naar achteren.

'Hé,' zei ik. 'Je begon zelf, met je vragen.'

Hij liep zonder iets te zeggen weg.

'Wat was dat nou?' vroeg Michael Karstens, een van de diakenen, die aan het tafeltje naast me zat.

Fijn, nu ging iedereen zich ineens met mij bemoeien.

13

Posthumus en zijn volgzame schaduw waren aanwezig bij de uitvaartdienst in de Domkerk. Vincent was niet afkomstig uit kerkelijke kring en of hij gelovig was wist ik niet, daar had ik het nooit met hem over gehad. Maar dat een zanger uit de Domcantorij niet vanuit de Domkerk zou worden begraven was ondenkbaar.

De dienst hakte er, zoals verwacht, behoorlijk in. Bij Vincents binnenkomst speelde Remmelt de *Fantasie in C-groot* van César Franck. De cantorij ging voorop bij de intocht, met achter ons, aan weerszijden van de kist, studiegenoten en vrienden van Vincent. Sjoerd was een van hen. Gert liep bij zijn moeder.

Het was niet anders dan bij ons laatste concert. We bevonden ons in een zelfgecreëerde ruimte, zo veel mogelijk afgesloten van de rest, met maar één doel: zingen wat we moesten zingen, en meer niet. Of dat bij iedereen lukte, weet ik niet, maar zelf kreeg ik het zo goed als voor elkaar. En als we niet zongen, bleef ik binnen in mezelf zitten, mijn blik gericht op de tegels voor mijn voeten, waaronder ooit de harten van vroegere keizers waren begraven. Als ik nu terugdenk aan die dienst, zie ik vooral die tegels voor me.

We kwamen er goed door. De eerste tranen waren geweest, en hoewel de gezichten strak stonden, kwam de muziek als overwinnaar tevoorschijn.

De enige naar wie ik zo nu en dan keek, was Julia. Het zonlicht dat door de ramen viel, zorgde ervoor dat de kleur van haar oplichtende haar wonderwel paste bij het rood van haar koorkleed. De uitdrukking op haar gezicht was rustig, haast sereen.

Maria zat te ver opzij om haar te kunnen zien. Ze was binnengekomen met een dermate wit gezicht, dat het bijna griezelig was, vooral omdat het zo afstak tegen haar zwarte haar. Ze had zich nog niet één keer uitgelaten over wat er in haar omging, tegen niemand. Wel had ik gehoord dat zij een van de personen was met wie de politie inmiddels had gesproken.

Niemand wist wat ze had gezegd.

Er was één bloemstuk, van ons. Witte rozen. Bijna lichtgevend lagen ze op de donkerbruine kist, toen die aan het einde van de dienst werd weggereden. Raymond Bloem, die ingeschakeld was als hulpkoster, had ik vlak daarvoor de bloemen naar het midden van de deksel zien schuiven. Met een bijna liefkozend gebaar streek hij langs de kist, voor hij een stap terug deed. Dat was ontroerend, en ik stelde het beeld dat ik van hem had bij. Arme, arme jongen, had hij gezegd, en ik zag dat hij meer was dan een gemankeerde eenling, die om de een of andere reden een sopraan van de cantorij had lastiggevallen.

Een vriend van Vincent, een studiegenoot die ik niet kende, bleek een uitmuntend pianist. Hij speelde op de vleugel, onder het orgel, de *Nocturne in F-Groot, opus* 55 van Frédéric Chopin. De eerste noten vielen als druppels in een stille vijver, waarna de muziek meer woede liet horen, totdat aan het eind de rust weerkeerde.

Toen was de dienst voorbij. Begeleid door zijn escorte verdween Vincent Brinkhof achter de brede zuil bij de doopvont en daarna uit de Domkerk, om er niet meer terug te keren.

We gingen zitten, en de spanning brak. Bijna iedereen liet zijn tranen de vrije loop, alsof we hem nu pas definitief kwijt waren. Zelf kon ik mijn tranen niet vinden, nog steeds niet.

Toen de vleugel zweeg, stonden we op en liepen naar de sacristie om onze koorkleden uit te trekken. Op de begraafplaats zouden we niets zingen, maar het sprak vanzelf dat iedereen er zou zijn.

Niemand zei iets. Sommigen raakten elkaar even aan, en opeens stond Julia naast me. Ik sloeg mijn armen om haar heen. Even maar, omdat we haast hadden. Ik was blij dat ze er was.

De begraafplaats Soesbergen is oud, voornaam en eerbiedwaardig. De bomen lijken daar al vanaf het begin der tijden te staan, en vol te houden tot het einde ervan. Sommige graven zijn zo oud dat de zerk door zijn eigen gewicht in stukken is gebroken. Je vindt er de geschiedenis van twee eeuwen Utrecht. Geschiedenis van bekende en onbekende mensen, arm en rijk, verenigd in de dood.

Niet alle aanwezigen in de kerk waren ook op de begraafplaats, maar er waren toch zeker honderd mensen. De paden waren aangeharkt en het zonlicht werd gefilterd door de herfstig gekleurde boombladeren. Op het geluid van de vlakbij passerende treinen na was het stil. We liepen tussen de graven door, voor even beweging brengend in dit schilderij met zijn warme en rijke kleuren, dat vanzelf weer zou verstillen als we eenmaal zouden zijn vertrokken.

Allemaal, op één na: Vincent.

Posthumus en DeBildt waren er weer, zoals ik had verwacht. Ik weet niet of de politieseries op televisie stroken met de werkelijkheid - ik denk eigenlijk van niet - maar dit was iets wat voor de hand lag. In de series staan ze vaak, met een zonnebril op, van een afstand toe te kijken, maar dat was hier niet het geval. De afstand was er, maar de zonnebrillen ontbraken.

Ik merkte dat ik zelf ook weer de neiging voelde om voorzichtig om me heen te kijken, om te zien hoe de mensen reageerden. Ik schudde het van me af en probeerde te luisteren naar de afsluitende woorden van dominee VanderGracht.

Toen zakte de kist de grond in. Daar ga je, Vincent, dacht ik, en ik luisterde naar de geluiden om me heen. Het ontspannen gebabbel van de meesjes tussen de takken van de struiken, een trein die voorbij reed, achter de bomen. Het zou mooi zijn om nu de stem van Vincent nog een keer te horen. Nog één keer die lichte, stralende tenor.

In plaats daarvan klonken, als vanuit het niets, neuriënde stemmen, sopranen. Eerst één, daarna meer, met de melodie van een Bachkoraal. *Wenn ich einmal soll scheiden*, zonder tekst. Een voor een vielen de stemmen in, maar het eind werd niet gehaald. Ergens snikte iemand, en de stemmen stokten halverwege. Bach vervloog in de lucht en werd door de volgende intercity meegevoerd.

Die afgebroken koraalmelodie maakte dat de ontreddering weer toesloeg. Ik zag hoe Agnes en Myrthe elkaar opzochten, dat Sander zijn armen om Reginald heen sloeg. Julia legde haar arm om Maria's schouder, en ik zag aan haar lippen dat ze zacht tegen haar praatte. Wat ze zei, kon ik niet zien.

Zelf stond ik alleen. Ik huilde nog steeds niet, ik keek alleen maar. Ik keek naar de anderen, naar mijn vrienden, naar de mensen die langzaam langs het graf schuifelden.

Ik ging mee in de rij. Kort voor het graf stond Thérèse met een armvol bloemen. Ze deelde ze uit, om op de kist te laten vallen. Thérèse had zo haar eigenaardigheden, maar dit gebaar was precies op zijn plek. Ik pakte een bloem aan en keek in het open graf. De bloem viel en ik maakte een laatste lichte buiging voor Vincent Brinkhof, en liep door, op zoek naar een bekende, naar Julia. Maar direct op de hoek van het eerste zijpad, stond ik oog in oog met adjudant Posthumus.

'Hoe gaat het, meneer Storm?' zei hij.

Weer een die wilde weten hoe het met me ging. Daar had ik nou net geen zin in.

'Wat denkt u?' zei ik.

'Neem me niet kwalijk, ik ben onduidelijk. Ik bedoel eigenlijk of u nog iets bijzonders hebt gehoord of gezien.'

'U bent aan het verkeerde adres.'

'Maar meneer Storm.' Hij keek om zich heen. 'U bent zo vaak in de Domkerk. U kent daar zoveel mensen. U zou ons met de nodige informatie goed op weg kunnen helpen.'

'Ik weet niets.'

Misschien kan ik niet goed liegen, dat zou kunnen. Met die vraag had ik me nog nooit beziggehouden, en er had nog nooit iemand iets dergelijks tegen me gezegd. Het zou ook kunnen dat Posthumus begiftigd was met die onzichtbare antennes die sommige rechercheurs hebben – inspecteur Columbo bijvoorbeeld – maar hij keek me aan en schudde zijn hoofd.

'Wat is dat toch met u, meneer Storm,' zei hij. 'Ik heb maar steeds het idee dat u het achterste van uw tong niet wilt laten zien.'

Hij had natuurlijk gelijk, maar ik wilde hem niet op grond van een vreemd verhaal over een brief en een verborgen compositie van Sweelinck, op Remmelt Wijborch afsturen. En al had ik persoonlijk niets met Remmelt, hij was wel onze organist.

Maar diep in mijn hart wist ik dat ik hem vanwege een andere reden niet op dat spoor wilde zetten. Nog niet. Ik wilde zelf ontdekken wat het geheim was. Zelf iets ontdekken wat nog niemand wist. En als ik alles ontraadseld had, zou ik naar hem toe gaan en hem terloops de oplossing voortoveren.

'Natuurlijk weet ik het een en ander van leden van de cantorij,' zei ik. 'Of van andere mensen in de Domkerk. Maar dat heeft niets te maken met wat er met Vincent is gebeurd.'

Precies op dat moment schuifelde Raymond Bloem met gebogen hoofd voorbij. Ik keek hem na, omdat ik wilde zien of hij Maria weer lastig zou vallen, al zou dat met zoveel andere mensen in de buurt nauwelijks mogelijk zijn.

Posthumus volgde mijn blik.

'Ja. Die meneer, eh...'

'Bloem,' zei ik.

'Kent u hem goed, bijvoorbeeld?'

'Nauwelijks.'

'Hm, jammer.'

Dat was ik niet met hem eens. Ik had me behoorlijk ongemakkelijk gevoeld tijdens mijn confrontatie met hem. Nee, ik vond het niet jammer.

'Als u me niet kwalijk neemt,' zei ik. 'We hebben afgesproken om naar het theehuis in de Domkerk te gaan. Om het af te ronden, begrijpt u.'

'Natuurlijk.' Hij hief zijn handen in een verontschuldigend gebaar. 'Ik zal u niet langer lastigvallen. Maar ik zou het op prijs stellen als ik nog een keer met u zou kunnen praten.'

'Als u denkt dat het zin heeft.'

'Morgen?' Hij liet er geen gras over groeien. 'Uurtje of elf? Op bureau Paardenveld, als het u schikt.'

'Goed.' Ik knikte even en liet hem staan waar hij stond. Een eindje verderop zag ik zijn schaduw staan. Hij stond met zijn armen over elkaar tegen een boom geleund, en keek op zijn gemak naar de mensen die langs hem liepen. Niemand nam notie van hem. Niemand neemt notie van schaduwen.

'Gaan we nog iets zingen?' vroeg Thérèse, toen we bij elkaar zaten in het theehuis. 'Samen?'

Bijna niemand voelde ervoor.

'Even niet,' zei Myrthe. 'Het is wel genoeg geweest voor vandaag.'

Er was koffie en er waren broodjes. Geen cake, gelukkig. We waren samen, als cantorij, verder niemand. Gert en zijn moeder waren bij de familie.

We zaten daar en praatten, terwijl buiten de toeristen door de pandhof liepen, zoals altijd. We waren moe.

Toen we op het punt stonden om de zitting op te heffen, kwam Sander met een voorstel. Hij bracht het op een verlegen manier, die goed bij hem paste: een stille jongen met een carrière bij een ICT-bedrijf, en gezegend met een mooie tenor.

'Ik zag de moeder van Vincent bij het graf staan,' zei hij. 'Zij stond het dichtst bij hem, toch? Dichterbij dan wij. Maar ik bedacht dat we haar moesten laten weten hoe belangrijk Vincent voor ons was.'

Daar had nog niemand aan gedacht. We keken naar Sander en wachtten op zijn vervolg.

'Iedereen heeft daar zijn eigen gedachten over, misschien,' zei hij, terwijl hij met een gewoontegebaar zijn sluike, blonde haar van zijn voorhoofd veegde. 'Als we dat nou allemaal eens opschrijven, dan maken we daar een mooie bundel van, die we aan haar geven.'

Het bekende A4'tjesmodel, gebruikt bij jubilea, bruiloften en tachtigste verjaardagen.

'Mooi,' zei Thérèse.

'Allemaal?' vroeg Maria.

We vielen stil. Het was een ongemakkelijke stilte, maar we hadden wel allemaal met haar te doen. Nu ze zich in zichzelf had opgesloten, van ons vandaan. Nu ze het stralende kwijt was. Nu ze niet was zoals we haar graag zagen.

'Het is natuurlijk niet verplicht,' zei Sander. 'En het hoeft ook niet vandaag of morgen.'

'Een goed plan,' zei Corné. 'Inleveren bij Sander.' Ook hij was nogal zwijgzaam geweest, had zich alleen met de muziek beziggehouden, en liet zoals altijd niet veel van zijn emoties zien. 'Zondag wil ik een kleine groep in de dienst,' zei hij. 'Agnes, Marie José, Sander, Reginald, en ik. Ik zoek iets vijfstemmigs. Ik stuur het wel op.'

Het was klaar. Vincent was er nog, maar hij was voorgoed weg, en op dat moment was het voor ons klaar, in praktische zin. We verlieten het theehuis en liepen de kerk door naar de uitgang aan de kant van de Domstraat. Boven, op het orgel, klonk een licht gestommel. Ik zag dat er licht brandde. Remmelt was daar, en bij de deur zag ik dat zijn knop naar links stond.

Remmelt Wijborch, dacht ik. En ook: het lichaam van Christus.

Mijn bezoek aan adjudant Posthumus, de volgende dag, leverde niets concreets op. Voor hem niet, en uiteraard voor mij ook niet, al werd het gaandeweg wel een interessant gesprek.

Ik vertelde hem niets over de geschiedenis met de brief van Anthony Wijborch. Niet nodig, hield ik mezelf voor.

Waar we het wel over hadden, wat Posthumus intrigeerde, en wat ik zelf ook nog steeds niet kon plaatsen, was de manier waarop Vincent op de zerk van Otto Bloys van Treslong was neergelegd.

'Daar moet je toch een beetje een aparte voor zijn,' zei hij. 'In elk geval iemand die belang hecht aan rituelen.'

'Ik heb er niets mee,' zei ik.

Hij glimlachte. 'Nee, dat dacht ik al. Maar ja, u hebt het ook niet gedaan, toch?'

'Als u dat maar weet.'

De toon van onze gesprekken werd meer ontspannen, als tussen mensen die wisten wat ze aan elkaar hadden. Ik begon hem minder bedreigend te vinden, al zei mijn ingebakken achterdocht dat dat zijn wapen zou kunnen zijn: zorgen dat de verdachte zich op zijn gemak voelt, en dan toeslaan. Bij mij viel er niet toe te slaan, maar ik wist nog steeds niet zeker of hij daarvan overtuigd was.

'Bent u allemaal lid van de kerk?' vroeg hij. 'Iedereen in het koor, bedoel ik?'

'Hoezo?' Ik keek hem verbaasd aan. 'Is dat belangrijk?'

'Wat zou het toch fijn zijn als u eens direct antwoord gaf op mijn vragen,' zei hij. 'Misschien is het belangrijk, ja.'

'Oké.' Ik knikte. 'Sorry. Nee, we zijn niet allemaal lid van de kerk. Van deze kerk bedoel ik dan.'

'Dus niet allemaal protestants?'

'Dat speelt bij ons niet. Katholiek, protestant, boeddhist, humanist, het gaat ons om het zingen.'

'Zitten er dan ook boeddhisten in het koor?'

'Dat was maar bij wijze van spreken.'

Hij keek een tijdje nadenkend naar een dienstrooster aan de muur. 'Dat zingen,' zei hij. 'Wat doet dat met mensen?'

'Veel,' zei ik.

'Hoe dan?'

'Elk akkoord dat goed staat, geeft energie.' Ik ging op mijn praatstoel zitten. 'Net als elke beleving die gedeeld wordt. Al hangt het er natuurlijk van af om wat voor muziek het gaat.'

'U bent koorzanger in hart en nieren?'

'Voor mij is het het mooiste wat er is.'

'U maakt me jaloers. Is dat bij instrumentalisten ook zo?'

'Natuurlijk, maar wel anders dan bij zangers, denk ik. Zingen komt uit je lijf. Je bent zelf het instrument.'

'Kun je daarbij ook spreken van een religieuze beleving?'

Dat was een vraag die mij ook wel eens bezighield. Muziek

maken doet veel met mensen, en samen muziek maken zeker. Tja, wat was mijn religieuze beleving? De ruimte om me heen, de kleuren? De muziek, en het uitvoeren ervan? De adem die je ervoor nodig hebt? Het saamhorigheidsgevoel, lang leve Thérèse?

'Het zou kunnen,' zei ik.

'En als dat zo is, speelt dat bij de een natuurlijk meer dan bij de ander,' zei Posthumus.

'Dat lijkt me logisch.'

'Het zou zelfs kunnen dat iemand door het zingen in deze ruimte als vanzelf een spirituele richting opgaat, denkt u niet?'

'Spiritualiteit is een nogal breed begrip.'

'Ja ja, daar staat niet iedereen voor open. Bij de een stelt het niet veel voor, maar bij de ander kan het ver voeren. Tot iets sektarisch, misschien wel.'

Ik zat me net af te vragen wat hij zelf met spiritualiteit had, maar nu merkte ik dat het zijn speurzin was, die hem deze richting op gevoerd had. Dit was waar hij heen wilde: spiritualiteit, sekten en rituelen. Wie was er op het idee gekomen om Vincent op die manier neer te leggen en waarom, daar was hij naar op zoek. Ik had het kunnen weten.

'Ik begrijp wat u bedoelt,' zei ik. 'Maar daar kan ik u niet mee helpen. Nee, echt,' zei ik nogmaals, toen hij me weer eens met die zoekende blik aankeek. 'En ik zou het fijn vinden als u mij niet meer gebruikte als katalysator in uw speurtocht binnen de cantorij. De zangers zijn mijn vrienden. De een wat meer dan de ander, maar toch. Ik heb geen zin om daar te gaan rondsnuffelen. En als iemand van hen het gedaan zou hebben, zou ik het niet willen weten.'

'U belemmert op die manier wel het onderzoek,' zei hij zuinig.

'Ik belemmer helemaal niks. Ik ben alleen geen rechercheur, en ik wil het ook niet zijn.'

Dat klonk behoorlijk flink, al was het niet helemaal waar. Het beroep van rechercheur had ongetwijfeld zijn saaie en vervelende kanten, maar het speuren, in mijn geval naar de compositie van Sweelinck, begon ik leuk te vinden.

Hij keek me aan, en schudde licht zijn hoofd. 'Jammer. Ik weet bijna zeker dat u me zou kunnen helpen.'

'Misschien, maar niet op deze manier.'

Meer viel er niet te zeggen. Er kwam een agent in uniform de ruimte binnen, en de telefoon ging. Posthumus deelde mee dat we klaar waren en stortte zich op zijn bezigheden.

Ik ging naar huis.

14

De tijd wachtte nergens op. De dagen en de weken gingen voorbij, en alles werd weer zoals het was. Voor veel mensen in elk geval, en voor de cantorij ook. Natuurlijk bleef de gedachte aan Vincent om ons heen hangen, en nu en dan stak het onbegrip de kop weer op. Het wachten was op het wie en het waarom – als dat ooit al boven tafel zou komen – en omdat we weinig konden bijdragen aan het vinden van de antwoorden, richtten we onze aandacht op onze normale bezigheden. Er waren twee goede nieuwe tenoren bijgekomen, jonge en enthousiaste zangstudenten van het conservatorium, die de ontstane leegte opvulden.

We doken de drukke decembermaand in. Allereerst de advent, die we begonnen met muziek voor Maria, en dan bedoel ik uiteraard de moeder van Jezus. Terwijl we in een cirkel in de koorommgang stonden, zongen we het wonderschone *Ave Maria* van Guerrero. Bij uitstek muziek om weer rustig in het hoofd van te worden. Teder en sterk, een zuil van muziek.

Een andere zondag zongen we het *Magnificat* van Howells, wat me terugvoerde naar de kathedraal van Christ Church in Oxford, waar we dat een aantal jaren geleden in een Evensong zongen. Met Vincent erbij. De herinnering eraan deed pijn, maar ook goed.

Op de zondagen kwamen we, zoals altijd, tussen vijf voor negen en negen uur, van alle kanten aanlopen of -fietsen, zodat de Domkerk voor even het middelpunt van ons leven leek te zijn. En op die momenten was dat natuurlijk ook zo. Niet alles ging ten onder. Een tijdlang was de saamhorigheid groter dan ooit.

Maar op een avond kwam het voor het eerst tot een conflict.

Bij de sopranen, zoals vaker in koren. In dit geval ging de onenigheid, die voornamelijk onderhuids woedde, over het verdelen van de solo's. Alles ging terug naar hoe het was, en altijd was geweest.

Het draaide om een concert met muziek van Benjamin Britten, dat na nieuwjaar gepland stond. Op het programma stond *Rejoice in the Lamb*, voor vierstemmig, en de *Missa Brevis*, voor driestemmig koor, twee sopraanpartijen en een altpartij. Dat stuk werd uitgevoerd door de kindercantorij, aangevuld met een paar sopranen en alten uit de cantorij. Het 'Benedictus' uit die mis is voor twee solo-sopranen. Een kort en ragfijn stukje muziek, en heel leuk om te doen. Als je het goed kunt.

Bij de sopranen waren er minstens drie die vonden dat ze het goed konden: Carolien, Thérèse en Mirjam. Dat was er dus één te veel.

'Wie zingen het "Benedictus"?' vroeg Thérèse tegen de tijd dat ervoor gerepeteerd zou gaan worden.

'Een eerste en een tweede sopraan.' Corné wilde zich nog even geen buil vallen.

'Ja, maar wíé?'

Hij had het op dat moment nog niet besloten, dat kon je aan hem zien. Hij was er nog niet aan toegekomen, of hij had nog geen beslissing willen nemen, en wachtte het moment dat hij zich in het wespennest begaf, nog even af.

'Na de repetitie hebben we het er even over,' zei hij.

In de pauze gaf dat aanleiding tot het vormen van groepjes, waarin gelobbyd werd.

'Ik heb het al eerder gezongen,' zei Thérèse tegen Sanne en Marie-José. 'Het is me echt op het lijf geschreven.'

'Maar het hoeven toch niet altijd dezelfden te zijn?' Marie-José haalde haar schouders op. Het was haar probleem niet, zij was alt.

'Ik vind altijd dat de besten moeten zingen,' zei Thérèse. Ze liet er nooit een misverstand over bestaan, dat zij vond dat zij daarbij hoorde.

Haar uitspraak werd opgevangen door Carolien, die een

paar meter verderop met Sander, Greet en Myrthe had staan praten.

'En vind jij dat jij dat bent?' vroeg ze aan Thérèse, op een toon die voor een buitenstaander waarschijnlijk belangstellend moet hebben geklonken, maar die voor ingewijden heel duidelijk gedrenkt was in zure wijn, vermengd met edik.

Bernhard, Jeroen, Arend en ik stonden er niet ver vandaan, en zonder dat we het afspraken, schoven we groepsgewijs op naar het strijdtoneel. Wij bassen hadden over het algemeen niet zoveel last van naijver en competitie. Als we toevallig eens naast een ander dan anders kwamen te zitten, deden we daar nooit moeilijk over, en de bassolo's waren, als er geen professionele solist was, altijd voor Bernhard. Geen groter goed dan duidelijkheid

'Dat beslis ik niet,' zei Thérèse stijfjes. 'Daar ga ik niet over.' Maar terwijl ze het zei keek ze om zich heen, onwillekeurig op zoek naar medestanders. En toen zag ze, net als wij, dat Corné en Mirjam, ernstig in gesprek, zich even terugtrokken op een afgelegen plekje. Mirjam was Cornés assistent bij de kindercantorij. Ze studeerde liedzettingen in en deed stemoefeningen.

Voor Thérèse was het duidelijk: Mirjam ging haar solootje veiligstellen. Haar ogen schoten vuur, maar ze was wel zo verstandig om zich niet in dat gesprek te mengen, al vond ze het waarschijnlijk jammer dat ze niet kon liplezen. Ze deed er verder het zwijgen toe.

'Jammer,' zei Arend zacht. 'Het was weer bijna net als vroeger.'

We grijnsden alle vier. Arend doelde op de tijd dat alles nog vrolijk was, met Vincent erbij. Die tijd, die wel weer een keer zou terugkeren; de strijd tussen de solosopranen wees daarop. Maar nu nog even niet. Op elk onverwacht moment konden de afschuw en de horror de kop weer opsteken.

Aan het einde van de repetitie leek het alsof Corné de solo's helemaal vergeten was, maar toen Thérèse haar hand opstak, zei hij: 'Dat is waar ook.'

Normaal gesproken stonden de meesten al op om hun jas

aan te trekken, maar deze keer bleef iedereen quasi gezellig zitten. Iedereen was benieuwd.

'Ik heb het er even met Mirjam over gehad, over het Benedictus.'

Ik zag Thérèse naar het puntje van haar stoel schuiven.

'Mirjam gaat dat instuderen met Steven en Klaartje. Die moeten dat zo langzamerhand wel aankunnen. En we hebben nog even.'

Steven en Klaartje, dat waren er twee uit de kindercantorij die iedere koorleider wel in zijn groep wilde hebben. Heldere stemmetjes, recht voor zijn raap, en nog te jong voor kapsones.

'Zou je dat nou wel doen?' Thérèse keek zuinig. Concurrentie van deze kant had ze niet verwacht. 'Kunnen ze dat echt aan?'

'Ze hebben een goede coach,' zei Corné minzaam glimlachend. 'Ik heb er alle vertrouwen in.'

'Nou, ik ben benieuwd.' Ze liet zich nog niet overtuigen.

'Wat zit je nou moeilijk te doen?' viel Myrthe uit. 'Dat is toch goed, als die kinderen dat leren? Hoe jonger, hoe beter.'

Ik keek van de een naar de ander. Het was zover: een nieuwe confrontatie tussen Thérèse en Myrthe. Corné stak nog bezwerend zijn handen op, maar hij deed er niet meer toe.

'Ik vind dat elk concert zo goed mogelijk moet zijn,' zei Thérèse.

'Ja, en?'

'Wat, ja, en?'

'Met zo goed mogelijk bedoel je dat jij in elk geval een van de solo's moet doen, bedoel je dat?'

Thérèse zei niets.

'Nou?'

Geen antwoord.

'Rustig nou,' zei ik, tot mijn eigen verbazing. Ik bemoei me zelden met conflicten. Ik word er nerveus van. 'Rustig. Laat ze het maar proberen, en laten we elkaar geen vliegen afvangen. Adem moeten we gebruiken om te zingen, zoals Vincent altijd zei.'

Het bleef even stil. Ik had er helemaal niet bij nagedacht, en het was eruit voor ik er erg in had. Toen ik de woorden had uitgesproken, had ik er alweer spijt van. Maar wat ik zei over Vincent raakte een snaar. Bij Sanne, bij Thérèse, en nog een paar. Soms, op momenten als deze, merkte je dat de tranen nog hoog zaten.

Ik haalde verontschuldigend mijn schouders op en keek ongemakkelijk voor me uit, omdat het niet mijn bedoeling was geweest om emoties naar boven te halen. Maar Corné keek glimlachend naar me, dankbaar dat ik de storm had afgewend.

Thérèse en Myrthe bonden in, en iedereen liet tot zich doordringen wat een geniale zet het van Corné was geweest om de solo's aan twee kinderen te geven.

Als leerproces, dus.

Het zag ernaar uit dat het de eerste witte kerst sinds jaren zou worden, en niet zomaar een klein beetje. De winter speelde flink op, met vorst en sneeuwbuien, die soms de hele dag duurden. Het centrum van de stad, waar de sneeuw meestal al snel veranderde in een grauwe pap, was als een kerstkaart, extra versierd door de kerstverlichting in de straten. Binnen in de Domkerk waren op verschillende plekken van het triforium lichtbakken geplaatst die een geelachtig licht verspreidden, zodat van buitenaf de suggestie van een kerstkaart alleen maar werd versterkt. De geluiden klonken gedempt, en het was aangenaam rustig. Alleen de kou, daar was ik niet dol op. Maar zolang het niet al te hard waaide, viel dat nog wel mee. Onze enige angst was dat de Domkerk moeilijk of zelfs geheel onbereikbaar zou worden, en ook het weeralarm dat werd afgegeven door het KNMI stemde niet vrolijk: niet de weg op, tenzij het echt niet anders kon.

Maar wij gingen wel de weg op natuurlijk. Voor ons kon het echt niet anders.

De kerstvieringen, dat was één lang spitsuur, met de ene topper na de andere, en er waren er die er serieus over dachten om dan maar in de Domkerk te overnachten. In de nissen van de sacristie lagen smalle kussens, net als in de kanunnikenbanken in het noordertransept. Met zijn allen slapen in dezelfde ruimte, zoals we de zomer ervoor hadden gedaan in een hostel in Canterbury, waar we een week in de kathedraal in de Evensongs en in de mis hadden gezongen. Dat was heel gezellig, maar toen ook heel wat minder koud.

Aan het eind van de middag op de dag voor kerst was er, met medewerking van de kindercantorij, een grote kerstviering. Kerstbomen, het hele verhaal met herders, engelen, alles erop en eraan.

Daarna was er om zeven uur een kerstvesper met een kleine groep cantorijleden, laat in de avond gevolgd door de traditionele kerstnachtdienst. In die dienst zou de cantorij Carols zingen, onder meer *Illuminare Jerusalem* van Judith Weir, en *A Spotless Rose* van Herbert Howells. Engels, daar hadden we allemaal wat mee. Heel veel hadden we daarmee.

Aan de kerstnachtdienst deed ik natuurlijk mee, maar de vesper had ik aan me voorbij laten gaan. Soms moet je even de rem erop zetten, en de dag voor kerst leek me een uitstekende gelegenheid om helemaal niets te doen. Niets belangrijks. Beetje opruimen, filmpje huren, en dan in de avond weer naar de Domkerk.

Maar halverwege de ochtend kreeg ik een telefoontje van Mirjam. Of ik 's middags, als de kindercantorij klaar was met repeteren en er zou worden gegeten, een kerstverhaal wilde komen voorlezen. Ik was namelijk indertijd een schoolmeester geweest, die nog wel eens verhalen en verhaaltjes schreef om op school te gebruiken, en dat wist ze.

Vooruit dan maar weer, zei ik tegen mezelf, toen ik de telefoon had neergelegd. In een doosje met antieke floppy's vond ik er een met een paar verhalen, waaronder 'De Arend vliegt', dat ik ooit eens voor een kerstviering had gemaakt. Een echt ouderwets kerstverhaal, met het Spoorwegmuseum als decor. Ik printte het uit, deed het in een map, en hees me met een lichte zucht in mijn jas.

Nou ja, zo erg vond ik het ook weer niet. De kinderen van de cantorij lagen me na aan het hart, en als er één ding was dat ik leuk had gevonden aan het lesgeven, dan was dat wel het vertellen van verhalen. Als het werk op school uitsluitend daaruit had bestaan, had ik het waarschijnlijk heel wat langer volgehouden.

In de kerk was het druk, met allerlei mensen die zenuwachtig met de laatste voorbereidingen bezig waren. Microfoons moesten op de goede plek, en ze moesten het doen. De laatste versieringen werden aangebracht.

Ik was blij dat ik, toen ze me een keer hadden gevraagd om zitting te nemen in de activiteitencommissie, bedankt had voor de eer. Ik was nu eenmaal schoolmeester, was het argument. Gelukkig was ik, in de bedenktijd die ik had gevraagd, opeens géén schoolmeester meer. In plaats van te zeggen dat ik er geen zin in had, kon ik nu aanvoeren dat ik me vanwege mijn burn-out voor onbepaalde tijd gedeisd moest houden. Voorlopig geen verantwoordelijkheid dragen, wat toch al nooit mijn sterkste punt was geweest.

Ik laveerde langs diverse haastige mensen, en ging aan de overkant van de kerk het theehuis binnen.

Daar was het kerstmis zoals het hoorde te zijn. Aan de grote, ronde tafel, gedekt met kerstservetten, bordjes, mandarijntjes, schalen met kerstbrood en kaarsen, zaten de kinderen van de cantorij. Geen haast en geen hectiek. En buiten, achter de grote ramen was de pandhof, was alles wit. De heggetjes van de kruidentuin, de fontein met de schrijvende monnik, de reliëfs boven de zuilen van de omgang, alles was met sneeuw bedekt. Wit en grijs waren hier de kleuren. En nog steeds sneeuwde en sneeuwde het. Vrede op aarde, dat was wat het was.

Ik haalde de map waar mijn kerstverhaal in zat uit mijn tas, en begroette Mirjam.

'Nu?' vroeg ik.

Ze knikte, maar voor ik kon beginnen, zei Olivier, een klein jongetje, met steevast verward, lang haar vanachter zijn immer scheefstaande bril: 'Vonden jullie het erg? Van die man?'

Ik keek hem verbaasd aan, en wist niet waar hij het over had.

'Van die man?' vroeg ik.

'Die man, die dood was,' zei hij. 'In de kerk?'

Ik wist even niet wat ik ermee moest. Ik keek Mirjam aan, die ook zichtbaar verrast was.

'Nu niet, Olivier,' zei ze.

Maar ik keek naar het jochie, en ik zag dat het geen gewone nieuwsgierigheid was, en zeker geen zucht naar sensatie. De klap van Vincents dood was hard aangekomen, bij mij, en bij de andere zangers. Maar dat gold natuurlijk ook voor de kinderen. Helemaal niet bij stilgestaan. En dat voor een voormalig schoolmeester.

'Ik wil er wel iets over zeggen,' zei ik, en ik deed mijn map weer even dicht.

'Want wij zijn toch ook de cantorij,' zei Olivier. 'Die man hoorde toch ook bij ons?'

Dat was zo.

Ik vertelde geen details over mijn vondst, maar wel over onze schrik en over ons verdriet. En ik merkte dat onze vragen hier ook leefden. Wie heeft het gedaan, en waarom?

'We hebben er wel over gepraat,' zei Mirjam later tegen mij, een beetje onzeker. 'Ook met de vaders en moeders erbij.'

Maar misschien hadden Corné en zij, samen met de ouders, onterecht de verschrikking bij de kinderen vandaan willen houden. Onterecht, omdat ik nu merkte dat ze dat zelf niet wilden. Ze wilden erbij horen. Niet alleen Olivier, de anderen ook. Ik zag het aan de serieuze gezichtjes, en merkte het aan de vragen die ze stelden.

En zo ontspon zich een serieus en diepgaand gesprek. Over verlies, over pijn en verdriet, en over angst. De kerk was, hoewel dat niet voor altijd zou duren, niet meer die veilige, vertrouwde plek. En we praatten erover dat zingen kon helpen tegen angst en verdriet.

Buiten, terwijl het langzaam donkerder werd, sneeuwde het onafgebroken.

Maar toen moest het verhaal natuurlijk ook nog voorgelezen worden. Ik deed mijn map weer open, en begon.

Ze hingen aan mijn lippen, en we waren zo dicht bij elkaar als maar kon.

Het was het verhaal over een jongetje dat in het Spoorwegmuseum in slaap valt en droomt dat hij met de oudste stoomlocomotief, de Arend, uit rijden en zelfs uit vliegen gaat. Als hij een rondje om de Domtoren maakt, kijken de mensen op straat omhoog. 'De Arend vliegt!' roepen ze. En een oude man denkt terug aan vroeger, toen hij aan de hand van zijn vader bij het spoor stond als de stoomtreinen langskwamen.

En op dat punt, bijna aan het eind van het verhaal, brak ik. Ik kreeg de brok in mijn keel niet weg, ook niet na een poging om zo diep mogelijk adem te halen. Dat beeld, van dat jongetje met zijn vader, haakte aan alle emoties die in me zaten. Ik kon niet verder. De tranen kwamen onophoudelijk en ik kon het verhaal niet afmaken.

Mirjam nam de map van me over en las de laatste alinea's. Toen bleef het stil.

De kinderen moesten de kerk in, voor een laatste repetitie, en ik bleef alleen achter. Ik zat aan tafel met mijn hoofd in mijn handen, en voelde alleen nog even een handje op mijn schouder.

Olivier.

Ik zat daar en ik huilde, voor het eerst sinds de dag dat ik Vincent vond, en ik wist wat het was om iemand voor altijd kwijt te zijn.

15

Januari en februari zijn niet mijn favoriete maanden van het jaar, en vooral dit jaar viel de treurige winter me zwaar. Ik werd chagrijnig van die koude, grijze dagen, en zou het liefst een winterslaap houden. Gezelligheid thuis was ook al niet iets waaraan ik me kon warmen, al deed ik er wel mijn best voor. Gordijnen dicht, muziek op de stereo-installatie, of aandacht voor mijn vriend, het televisietoestel. Maar wat ik ook deed, ik was alleen.

Ik had tot mijn opluchting bericht gekregen dat ik voor het onderwijs was afgekeurd, en via een oude vriendin van me was ik in contact gekomen met het kantoor van de Nederlandse Bachvereniging. Ik sprong daar als het nodig was op vrijwillige basis in bij grote postverzendingen, en ik hield het muzikantenarchief bij. Zo ontmoette ik andere mensen, en als hulpkracht kon ik zo nu en dan ook gratis concerten bijwonen.

Repetitieavonden, kerkdiensten en concerten, dat waren de lichtpuntjes in die donkere tijd, en ik stelde elke keer het naar huis gaan, als we met een groepje na afloop van een repetitie of een concert bij Broers zaten, zo lang mogelijk uit. Ik snakte naar het voorjaar, als alles weer goed zou komen.

Het Britten-concert met de kinderen was een groot succes, Steven en Klaartje zongen hun 'Benedictus' rechttoe rechtaan, en ik zag aan de gezichten van het publiek hoe verrast ze waren door de kwaliteit. En, het moet gezegd, na afloop was Thérèse er als de kippen bij om de twee te complimenteren met hun prestatie. Het concert was een van de gelegenheden die ons de donkere herfst en de koude winter voor even deden vergeten.

Ik ging die winter één keer uit eten, met Julia. Het hoogtepunt van de maand januari. Ik laafde me aan haar aanwezigheid, al probeerde ik zo veel mogelijk te verbergen dat ik het niet leuk vond als ze over haar rits aanvankelijk geweldige maar vervolgens uitzichtloze verliefdheden vertelde. Ze had geen relatie, maar ze hunkerde er wel naar. Tot die tijd had ze in elk geval een heleboel vriendinnen.

En mij, die ene avond.

Op een dag, zo ongeveer half februari, was ik bezig met een klus, waar het al heel lang niet van gekomen was. Ik ordende op mijn computer mijn meest recente foto's. Ik werkte ze hier en daar wat bij. Wat meer schaduw of kleur, of juist niet. Bijsnijden indien nodig. Leuk werk, ik vergat de tijd als ik ermee bezig was.

De fotoserie die ik op het dak van de Domkerk had gemaakt, was ik door alle consternatie helemaal vergeten. Het waren de laatste foto's die ik had gemaakt. Fotograferen in de winter kan mooie plaatjes opleveren, maar de eerste maanden van het jaar waren vergeleken met de sprookjesachtige witte kerst van een onuitstaanbare somberheid, en ik had de camera niet meer uit mijn tas gehaald.

Het was leuk om de foto's terug te zien. Vooral omdat ik ze nu op het computerscherm zag, in plaats van op het kleine schermpje van mijn toestel.

Vanaf de straat gezien zijn de pinakels langs de dakrand gewoon pinakels, maar op deze foto's, die ik van dichtbij had genomen, was te zien hoe reusachtig ze waren.

Ik had me echt uitgeleefd, met onverwachte en interessante doorkijkjes op de Pieterskerk, de Voetiusstraat, de Domtoren en de Janskerk aan het einde van de Domstraat.

Er hadden niet veel mensen op straat gelopen, zag ik op een van de laatste foto's, genomen aan het eind van die herfstige zondagmiddag. Een groepje toeristen stond posters en foto's in de etalage van Catch te bekijken. Een vrouw fietste in de richting van de kerk. Een man stak de straat over. Een ander liep op het trottoir bij de kerk vandaan en keek naar iemand die uit zijn auto stapte.

Allemaal mensen die geen enkel idee hadden van wat er vlakbij, in de kerk, gebeurde. Ze gingen er onwetend aan voorbij.

Mijn ogen dwaalden over het scherm, tot ze stil hielden bij een figuur op de stoep. Een man of een vrouw, met de rug naar me toe. Iets in die verstilde figuur trok mijn aandacht, zonder dat ik wist waarom. Ik staarde er een tijdje naar, terwijl mijn gedachten doelloos rondtolden, tot ik ten slotte in actie kwam.

Bij effecten koos ik voor het scherper maken van de randen, maar aan het figuurtje op het trottoir veranderde niet veel. De optie afstellen gaf de mogelijkheid om accenten uit te lichten, de foto's lichter of donkerder te maken en de kleurtemperatuur bij te stellen. Maar bij basisbewerkingen werd het pas interessant. Ik kon de foto bijsnijden door alleen het gedeelte van de foto dat ik wilde zien, te markeren. Ik klikte op toepassen. Het gedeelte van de foto waar het me om ging kwam naar voren, de rest verdween. Ik zag de figuur op het trottoir en de auto ernaast, een stuk dichterbij. Ik keek er verbaasd naar en sneed ook de auto eraf, waardoor alleen de man – dat kon ik nu zien – op het trottoir overbleef en nog dichterbij kwam, al werd het beeld grover van korrel. Aan de houding meende ik het al te kunnen zien, maar nu herkende ik ook de zijkant van zijn gezicht. De man op het trottoir was Raymond Bloem.

De maandag daarop, toen we na de koorrepetitie bij Broers zaten om Giacomo Rossini, van wie we de zaterdag daarop de *Petite Messe Solennelle* zouden zingen, te laten zwemmen in een biertje, een glas port of een glas rosé, kwam het gesprek plotseling op Raymond Bloem.

'Weet je wie ik laatst op het station zag?' zei Agnes.

We antwoordden dat we het niet wisten.

'Die kosterfiguur,' zei ze. 'Hoe heet hij ook alweer.'

'Johan,' zei ik. 'Johan de Vlieger.'

'Nee, die bedoel ik niet. Die andere, die engerd.'

'O ja, die.' Bernhard veegde het schuim van zijn bovenlip. 'Die kleine. Hij heet Raymond.'

‘Raymond Bloem,’ zei ik.
‘Hij stond op de trein te wachten.’
‘Joh.’
‘Hij zag er anders uit. Ik herkende hem eerst niet eens. Helemaal in het leer, zwart.’
‘Ja, zal wel. Weet je zeker dat hij het was?’
‘Heel zeker. En weet je wat zo gek was? Hij was niet alleen anders gekleed, maar hij stond ook anders.’
‘Hoe dan?’
‘Veel rechter. Heel zelfbewust.’
‘Nou ja, zeg. Waar ging hij naartoe?’
‘Dat heb ik hem niet gevraagd, ik kijk wel uit. Ik zag alleen dat het de trein naar Haarlem was.’
‘Amsterdam.’ Bernhard keek om zich heen, om een nieuw biertje te bestellen. ‘Wedden? Naar de darkroom.’ Er werd gegrinnikt.
‘Denk je dat echt? Raymond Bloem, naar de homoscene?’
Bernhard knikte. ‘Op naar de darkroom, met Raymond Bloem,’ zei hij.
Vreemd, ik had nog wel gedacht dat hij het in zijn hoofd had gehaald om verkikkerd te raken op Maria. Van die veronderstelling klopte niet veel meer.
Maria was er niet bij die avond. Ze was er nooit meer bij sinds die keer dat Raymond Bloem haar had gevolgd. Niemand wist waarom, en ze was moeilijk benaderbaar.
‘Ook een manier van uit de kast komen,’ zei Julia. ‘Gewoon in je leren pakje op het station gaan staan en dan maar hopen dat iemand van de kerk je ziet.’
‘Die Raymond,’ zei Bernhard. ‘Wist jij dat, Peter?’
Ik schudde mijn hoofd, terwijl me heel iets anders te binnen schoot. Raymond Bloem die, nadat hij woedend tegen me was uitgevallen, bijna met tranen in zijn ogen had gezegd: ‘Die arme, arme jongen.’ Die tijdens de uitvaartdienst het bloemstuk met de witte rozen midden op de kist had gelegd en zijn hand terloops liefkozend langs de kist had laten gaan.
Raymond Bloem en Vincent? Moeilijk voor te stellen. Stra-

lende zonneschijn en grauwe mist. Een vogel en een egel. Nee, zeg. Maar als het ging om mensen die verdriet hadden om Vincent was iedereen aan Raymond voorbijgegaan. Onopgemerkte eenzaamheid.

'Eén rode wijn?' vroeg de serveerster

'Ja, voor mij,' zei ik, afwezig.

Hierna dacht ik er een hele tijd niet meer aan, omdat er intussen andere dingen plaatsvonden. Op een middag halverwege de week, zat ik zoals gewoonlijk even in de kerk, vlak bij het hoogkoor. Er was een hoop te laat ingeleverde muziek op te ruimen. Brahmsmotetten, anthems van Purcell, psalmen van Daan Manneke, de gebruikelijke verscheidenheid. Avontuurlijk, zingen in de Domcantorij. Het was een voortdurende reis door de muziekgeschiedenis, voor- en dan weer achterwaarts.

Het was een nogal sombere dag, en daardoor was het schemerig in de kerk. Precies de schemer die paste bij de tijd van het jaar, en bij mijn melancholieke stemming. Maar, somber of niet, er liepen mensen rond in de kerk. Alleen, samen of in groepjes. En Kas Bredervelt was er natuurlijk ook, met een handvol bezoekers. Ze betraden de treden van het hoogkoor, en Kas begon zijn gebruikelijke verhaal over het monument van baron Van Gendt. Het was vrij stil in de kerk, en ik kon zijn verhaal zo goed als helemaal volgen.

Waar die twee stenen traptreden links op de vloer naast het monument voor waren, vroeg een man. Een trap die begon en na twee treden weer ophield, dat was vreemd.

Daar had het altaar gestaan toen de kerk nog rooms-katholiek was, vertelde Kas. En achter het altaar, op hoogte, bevond zich het sacramentshuis, de ruimte waarin de hostie werd bewaard. Er was een trap naar boven, maar die was na de reformatie samen met het altaar afgebroken. Alleen die onderste twee treden had men laten zitten.

'Een belangrijke plek, het sacramentshuis,' zei Kas.

'Waarom?' vroeg iemand.

'Die plek was heilig, omdat de hostie er lag. Want de hostie, dat was natuurlijk het lichaam van Christus.'

Dat was natuurlijk het lichaam van Christus! De hostie in het sacramentshuis. Het was alsof er in mijn brein een tl-buis aanfloepte, waardoor alles wat ik dacht, helder en scherp te zien was: het sacramentshuis, dat was de plek waarnaar het raadsel van Anthony Wijborch verwees.

En daar liep het spoor dood. In eerste instantie bedacht ik dat als dit echt de juiste plek was, de zoektocht direct kon worden gestaakt. Het sacramentshuis was er niet meer. Maar de vraag waar de 'eerste stap ernaartoe' gezet moest worden, bleef onbeantwoord. Je kon er van verschillende kanten naartoe, en welke kant werd er bedoeld? Het was om gek van te worden. Toch had ik het gevoel dat ik dicht bij de oplossing was.

'Peter?' Corné stond achter me. 'Kun je even helpen?'

Ik stond op, met een laatste blik op baron Van Gendt, de verdrijver van het sacramentshuis. Hij had misschien wel nooit van Sweelinck gehoord, en van Anthony Wijborch al helemaal niet.

Ik volgde Corné naar de sacristie, en op dat moment viel het kwartje. Van de trap naar het sacramentshuis waren nog twee treden overgebleven. De eerste stap, dat kon net zo goed de eerste trede zijn. En die was er dus nog.

Ik zei het bijna tegen Corné, en dat ik wilde gaan kijken of het klopte, maar ik hield me in. Dit wilde ik nog even met niemand delen. Als ik straks weer alleen was, zou ik gaan kijken of er iets te ontdekken viel.

We liepen naar de sacristie, waar Corné een vergeten stapel muziek uit de hoek van een van de kasten had opgeduikeld. Ze waren een tijd geleden ingeleverd, want van sommige stukken herinnerde ik me maar heel vaag dat we ze hadden gezongen.

'Puinruimen,' zei Corné. 'Leuk?'

'Ik word er rustig van,' zei ik. 'Mits het niet stante pede af hoeft.'

Hij produceerde een scheef lachje, waaraan te zien was dat hij zich niet kon voorstellen dat iemand rustig kon worden van zo'n klusje, en keek op zijn horloge. 'Het is pas half twee,' zei hij.

‘Ja, ja.’

‘Je bent een beetje afwezig.’

‘O ja?’

‘Ja, eh... ja.’ Hij wachtte even, maar ik reageerde niet, en hij ging naar boven.

Ik zocht mijn weg in de bladmuziek, maar ik was er maar half bij. Wat moest ik doen? Meteen gaan kijken, of wachten tot de kerk leeg was? Ik voelde het bloed bonzen in mijn slapen. Ik was er vlakbij, had het raadsel zo goed als opgelost.

Ik bladerde door de stapel muziek. Van Schütz naar Rebelo, van Kagel naar Mozart en weer terug, en van Lassus via Bruckner naar Diepenbrock. Ik maakte stapels, die respectievelijk naar de kasten in de sacristie, of naar de kast halverwege de trap naar het secretariaat, of naar de balgenkamer moesten. Orde in de chaos, liefst alfabetisch, werkte therapeutisch. Niets zo onwrikbaar en vertrouwd als de volgorde van het alfabet.

Ik keek voortdurend op mijn horloge. De kerk was nog niet gesloten, nog lang niet, en ik kon de wijzers niet sneller laten gaan.

Sweelinck kwam voorbij.

De eerste trede, dacht ik maar steeds. Anthony Wijborch had natuurlijk bewust het woord stap gebruikt, in plaats van trede, om het niet al te duidelijk te maken.

Werner Zimmermann, koorvariaties.

Het was maar goed dat ik niet met het verhaal van de brief van Anthony Wijborch naar de politie was gegaan. Ik vroeg me af of ze ook met Remmelt hadden gesproken. Als dat zo was, had hij waarschijnlijk de brief ook niet genoemd. Remmelt Wijborch, die misschien toch razend was geworden op Vincent. Ik stelde me hem in gedachten voor, en haalde bijna direct automatisch mijn schouders op. Ondenkbaar, Remmelt Wijborch als moordende woesteling, die dan daarna opeens weer gebruikmaakte van een plechtig ritueel. Daar moest je haast twee verschillende mensen voor zijn, en daar achtte ik hem niet toe in staat, tot het laatste nog minder dan tot het eerste. Gebrek aan fantasie.

Mozart, en toen Sweelinck, weer Sweelinck.

Twee stenen treden, die ze voor het gemak hadden laten zitten omdat ze niet in de weg zaten. Ik moest mezelf dwingen om nog even te blijven zitten, omdat ik niet wilde dat iemand, Corné bijvoorbeeld, me zou zien, terwijl ik de traptreden onderzocht. Liever straks.

Vijfstemmige mis van Byrd; minstens twee jaar terug.

Er klonken stappen op de trap naar het secretariaat, en Corné kwam naar beneden. Zie, daar was hij. Met een verontschuldigend lachje liet hij me nog een stapeltje muziek zien. 'Het laatste,' zei hij.

Het laatste, voorlopig althans. Over een paar weken kwamen er vanzelf weer nieuwe stapeltjes.

'Leg hier maar neer,' zei ik. 'Ik ga koffiedrinken. Wil je ook?'

'Ik moet weg,' zei hij. 'Afspraak in de muziekbibliotheek.' Hij legde de muziek neer en verliet de sacristie.

Ik keek naar het stapeltje. Bovenop motetten van Poulenc. Dat was nog van Pasen, vorig jaar. Ik stond op, deed de deur van de sacristie achter me op slot, en liep de kerk door naar het theehuis. Er was niemand bij de tombe van Van Gendt. Ik keek om me heen. Er was ook niemand in de directe omgeving. Als iemand van een afstand zou zien dat ik iets zocht op de vloer naast het monument, zou dat er misschien niet eens vreemd uitzien. Ik besloot niet te wachten tot iedereen weg was. Gewoon onopvallend even een kijkje nemen, zou geen opzien baren.

Ik ging het hoogkoor op. De baron lag onaangedaan op zijn rug te dromen over zijn heldendaden, boven het in marmer uitgehouwen reliëf van de slag bij Soleby. Ik passeerde zijn hoofd en schoof een paar stoelen aan de kant, om bij de twee treden onder aan het koorhek te komen. Daar waren ze, net zo zwijgzaam als baron Van Gendt. Ik ging op mijn hurken zitten, en liet mijn handen over de steen gaan en zei tegen mezelf dat het maar een ingeving was. Dat ik er niets van moest verwachten.

Maar toen ik zag dat een plek in de onderste trede, in de

hoek, lichter van kleur was, voelde ik mijn hart in mijn keel kloppen. Ik tastte de trede nauwkeurig af met mijn vingertoppen en voelde verschil. De steen was van een andere soort, ruwer en een beetje korrelig.

Ik stond op. Mijn adem zat hoog en mijn knieën trilden. Ik had gereedschap nodig, en een lege, verlaten kerk. Als iedereen weg was, zou het geluid van het wegbreken van steen niet worden gehoord. Ik keek op mijn horloge en zag dat het drie uur was. De kerk was tot vier uur geopend voor het publiek. Ik zou geduld moeten hebben.

Ik zette de stoelen weer op hun plek en keek nog een keer naar de traptrede. Ja, nu ik het wist, zag ik het ook als ik stond. Er was kleurverschil. Niet veel, maar toch.

16

'Vind je dat we het ook aan Remmelt moeten vertellen?' vroeg ik. Ik keek Sjoerd vragend aan. Hij had tenslotte al een hele speurtocht achter de rug, en ik kon hem er niet buiten laten. Ook vanwege Vincent, die meegezocht had, en ik zou er wat voor gegeven hebben als hij er ook bij had kunnen zijn.

Omdat ik geen zin had in de chaos van zijn kamer, had ik Sjoerd meegetroond naar een klein wijncafeetje aan de Nieuwegracht, waar het meestal rustig was. Er werd goede wijn geschonken, wat weer eens iets anders was dan het eeuwige flesje bier.

'Nee, dank je wel,' zei Sjoerd beslist. 'Ik wil even niets meer met hem te maken hebben. Hij heeft me van van alles en nog wat beschuldigd, voorlopig ben ik hem zat.'

'Beschuldigd?'

'Ja, sloeg nergens op.'

'Waarvan dan?'

'Van alles en nog wat, dat zeg ik toch?'

Hij liet er niets over los. Remmelt kon hem mogelijk zomaar beschuldigd hebben van de moord op Vincent, dacht ik, wat volgens mij net zo absurd was als andersom.

'En Gert?' vroeg ik.

Hij schudde zijn hoofd. 'Als dit de goede plek is, en we hebben het gevonden, vertellen we het hem,' zei hij. 'Nu moeten er niet te veel mensen bij zijn.'

Hij kon wel eens gelijk hebben. Ik draaide mijn glas rond en keek naar de bewegingen van de wijn, een geurige merlot.

'Prettige wijn,' zei ik. 'Dus we blijven met zijn tweeën over?'

'Wat mij betreft wel.'

'Doodzonde van Vincent.'

'Doodzonde is het goeie woord.' Sjoerd kon zijn cynisme niet bedwingen.

'Maar wat denk je?' zei ik. 'Zou het kunnen kloppen, van die traptrede?'

Hij keek me aan en ik zag de opwinding in zijn ogen. Hij sloeg de inhoud van zijn wijnglas in één keer achterover en veegde met de rug van zijn hand zijn lippen af. Een echte bierdrinker. Ik keek onwillekeurig opzij naar de bar, en zag het afgrijzen in de ogen van de eigenaar.

'Ik zou het zelf niet bedacht hebben,' zei hij. 'Maar het klinkt goed.'

'Ik begin steeds meer te geloven dat het klopt.' Ik dempte mijn stem. 'Ik kon duidelijk voelen dat de tree uit twee steensoorten bestaat, bovendien is er sprake van kleurverschil.'

'Wanneer kan ik het zien?'

'Vanavond, als je niks beters te doen hebt.'

'Ik heb zeker weten niks beters te doen.' Hij zat bijna in zijn handen te wrijven van de voorpret. 'Maar er zal gehakt moeten worden, natuurlijk. Ik heb hier nog wel ergens een mokertje liggen. Heb jij een beitel?'

'Ik vind wel iets,' zei ik, hoewel ik me opeens ongemakkelijk voelde. Illegaal hakken in de Domkerk, waar zou dat op uitlopen? Ik wist zeker dat dat niet de bedoeling was, toen ik de sleutel kreeg uitgereikt. In mijn eentje door de lege kerk lopen, dat kon nog wel. Maar hakken?

'Wat is er?' vroeg Sjoerd. 'Je hebt je toch niet bedacht?'

Ik schrok op. 'Nee, nee,' zei ik. 'Ik zit alleen… laat maar.'

'Er is verder toch niemand vanavond?'

'Misschien is er een vergadering, maar die is uiterlijk om een uur of elf afgelopen. Vroeger moeten we niet gaan.'

'Klinkt spannend.' Sjoerd keek naar de bar. 'Hebben ze hier ook bier?'

De eigenaar schudde meewarig zijn hoofd.

Het was bizar. Daar liepen we met zijn tweeën door de uitgestorven stad, over de Pausdam, op weg naar een donkere en lege Domkerk. Sjoerd droeg een linnen tasje met een moker en een beitel, die hij ergens in zijn chaos had weten te vinden.

'Had ik bij me, toen ik in de Vulkaan-Eifel was,' zei hij. 'In rotsen gehakt, op zoek naar fossielen. Het barst ervan daar.' Een pakje met cementpoeder en een spatel had hij ook nog opgeduikeld. Na onze spectaculaire vondst – daar gingen we zonder meer van uit – moesten de sporen van het hakwerk worden weggewerkt. Alles onder controle, zoals Sjoerd zelfverzekerd had gezegd.

We liepen door de Achter de Dom. Links van ons rees de kerk met al haar versierselen en tierelantijnen op als een reusachtige, duistere, kunstige taart.

Toen we de hoek omsloegen naar de zijdeur, kwamen ons een paar fietsers tegemoet. Ik hield in om ze te laten passeren, voordat ik de sleutel in het slot stak. Misschien zou niemand het raar vinden dat tegen middernacht twee mannen de kerk ingingen; het tegenovergestelde was waarschijnlijker.

De straten bleven leeg. In de verte, bij de Janskerk, reden een bus en een paar auto's voorbij, maar geen ervan kwam de Domstraat in. We glipten naar binnen.

Alle knoppen waren naar links geschoven, het alarm stond aan. Ik schakelde het uit, terwijl Sjoerd zacht de deur achter zich dichttrok, waarna we de kerk inliepen. Het was er zo goed als donker, op het groene schijnsel van de noodverlichting boven de uitgangen na.

'Ik heb een zaklamp bij me,' zei Sjoerd opgewekt. 'Laat maar zien.'

'Wacht,' zei ik. Ik ging rechtsaf, naar het schoonmaakhok, en pakte stoffer en blik. Toen ging ik Sjoerd in het donker voor door de koorομgang, door het poortje bij het hoogkoor, naar de tombe van Van Gendt. We droegen geen van beiden schoenen met leren zolen, maar toch waren onze voetstappen duidelijk te horen, en ik keek onwillekeurig om me heen om te zien of iemand ons had gehoord. Maar er was niemand, natuurlijk.

'Zenuwachtig?' vroeg Sjoerd.

'Wat we gaan doen kan helemaal niet,' zei ik. 'Beetje gaan zitten hakken. En of we het nou vinden of niet, we kunnen als we klaar zijn de sporen nooit helemaal wegwerken.'

'Daar let geen mens op, toch?' Sjoerd was niet om te krijgen. 'Die kijken alleen maar naar dat beeld.'

Ik dacht aan Kas Bredervelt, maar ik zei niets. Mijn nieuwsgierigheid was sterker dan mijn ingebakken gevoel voor wat wel en niet mocht. 'Links,' zei ik.

We schoven de stoelen aan de kant en hurkten naast de twee treden neer.

'Dus dit was ooit een complete trap,' zei Sjoerd. 'Naar het lichaam van Christus. Fascinerend.' Hij ging met zijn vingertoppen over de onderste trede en keek toen naar me. 'Heb je een beetje verstand van steen?'

'Van steen? Nee, niet speciaal.'

'Van metselwerk?'

'Nee, ook niet. Hoezo?'

'Dacht ik al.' Hij voelde nog een keer aan de trede. 'Dit stuk hier aan de zijkant is lang niet zo oud als de rest.'

'Hè?'

'Nieuw metselwerk. Misschien zelfs wel behoorlijk nieuw. Knap gedaan, dat wel.'

'Wil je zeggen dat dit stuk er nog maar kort ligt?' Nu begreep ik er niets meer van.

'Ik ben eerlijk gezegd bang van wel.' Zijn stem klonk bezorgd. Hij haalde zijn beitel uit zijn tasje en tikte ermee op de trede. 'Klinkt anders. Beetje hol.'

'Dus jij denkt dat er al iemand anders bezig is geweest? Remmelt Wijborch misschien.'

'Ik zit er net aan te denken. Dat zou wel een smerige streek zijn, in zijn eentje op pad gaan.' Hij vergat voor het gemak dat hij nu hetzelfde aan het doen was.

'Wat doen we nu?' zei ik.

'Hakken natuurlijk.'

'En als er niets in ligt?'

'Dan ga ik Wijborch alle hoeken van de kerk laten zien.'

Zijn onbezorgde humeur had plaatsgemaakt voor een gespannen verbetenheid. Hij zette de scherpe kant van de beitel op de trede en pakte zijn moker stevig beet.

'Doe voorzichtig,' zei ik.

'Ben je bang dat ze ons buiten horen?'

'Doe nou maar.'

'Ja, ja.' Hij voelde nog een keer aan de steen.

'Op de randen,' zei ik.

'Ja, ja.'

Als ik al had gedacht dat hij met grof geweld tekeer zou gaan, had ik me vergist. Voorzichtig, tastend, tikte hij de beitel op de rand van de scheiding tussen de ene steensoort en de andere de trede in. Op dezelfde manier zoals hij dat waarschijnlijk ook had gedaan in de Vulkaan-Eifel, toen hij naar fossielen zocht.

Toch hield ik mijn adem in, toen ik hoorde hoe luid en helder het getik door de kerk te horen was. IJzer op ijzer, en ijzer op steen.

'Zachtjes.'

'Dit horen ze buiten niet. Laat me nou maar.'

Ik liet hem begaan, terwijl ik een visioen kreeg van een organist uit de zeventiende eeuw, die hier op dezelfde plek op zijn knieën lag om een manuscript te verstoppen, en ik vroeg me af hoe hij dat voor elkaar had gekregen. En ik zag de onherkenbare schim van een ander, die hier nog niet zo lang geleden ook had gezeten. Wie?

Sjoerd liet een goedkeurend gebrom horen. 'Kijk,' zei hij. 'Het gaat er niet om hoe hard je slaat, maar wáár.' Ik zag dat de beitel plotseling een stukje verder het steen in ging.

'Het randje is het zwakst. Zo... nog één keer.' Hij trok de beitel eruit en zette de scherpe kant vlak naast het ontstane gaatje.

Op dat moment gebeurde er iets in de ruimte om ons heen, en ik kon niet precies vaststellen wat het was. Het zou kunnen dat ik het me verbeeldde. Misschien was het een plotselinge luchtstroom. Geluid, hoe zacht ook. Wat ik met zekerheid wist, was dat ik kippenvel op mijn armen kreeg.

'Stop,' zei ik zacht, terwijl ik Sjoerd bij zijn schouder pakte.

'Wat is er?'

'Sst.' Met al mijn zintuigen op scherp bleef ik doodstil zitten, maar ik ving niets op.

'Wat is er nou?'

'Ik weet het niet. Ik dacht dat ik iets hoorde.'

'Dat was ik.'

'Nee nee, luister.'

Een minuut kan soms een jaar duren, dus ik weet niet precies hoe lang we daar zo zaten, twee standbeelden bij het hoofd van baron Van Gendt, maar alles bleef stil.

'Je bent een beetje paranoïde, vriend.' Sjoerd tilde zijn moker, die hij op de grond had laten rusten, weer op. 'Als je me loslaat, kan ik weer door. Als je het niet erg vindt.'

Ik had het me verbeeld, het kippenvel op mijn armen verdween en ik liet Sjoerd verder zijn gang gaan. Hij vorderde, stukje voor stukje, langs het randje.

'Er zit een holte onder,' zei hij. 'Zeker weten.' Het zweet droop van zijn voorhoofd, hoewel het kil was in de kerk. 'Schijn eens bij.'

Ik scheen op de traptrede. Er was een klein gat in ontstaan, en ik probeerde de zaklamp naar binnen te richten. Ik kwam iets overeind en keek daardoor automatisch naar de spijlen van het hek tussen het hoogkoor en de kooromgang, vlak voor mijn neus.

Ik keek recht in het gezicht van Remmelt Wijborch, een bleke vlek achter het hek, nog geen twee meter van me vandaan.

'Hó!' riep ik, zoiets. Als een geluidloze schim was hij door de kerk gegaan. Ik had het dus toch gemerkt, zonder te weten wat ik hoorde of voelde.

'Sjéés!' Sjoerd liet de moker vallen en keek me geschrokken aan. 'Wat doe je, man?' Hij volgde mijn blik, en zag Remmelt staan. Zijn adem stokte.

'Wat zijn jullie in godsnaam aan het doen?' vroeg het bleke gezicht achter het koorhek.

'Remmelt, luister.' Sjoerd kwam bij zinnen en ging staan. 'Ik kan het uitleggen.'

Remmelt stapte op de stenen bank voor zijn voeten, stak zijn neus tussen de spijlen van het hek door en keek naar het gat in de traptrede. 'Is dat...?'

'Loop even om,' zei Sjoerd. 'Dan vertel ik het je.'

'Dat haalt je de donder.' Remmelt stapte zo haastig van de bank af, dat hij bijna achterover viel. Hij verdween uit het zicht, maar een paar seconden later kwam hij hijgend van haast en opwinding het hoogkoor op.

'Dat zag ik nou toevallig,' zei hij. 'Dat jullie naar binnen gingen.'

We hadden hem niet gezien. Hij was langs de kerk gekomen op hetzelfde moment dat wij naar binnen gingen. Alsof het zo had moeten zijn.

Ik was ook gaan staan, zonder te weten wat ik moest doen.

Sjoerd ging Remmelt tegemoet, en legde een hand op zijn schouder.

Remmelt schudde hem af. 'Dus jij hebt ontdekt waar het ligt,' zei hij, hees van woede. 'Zelf op onderzoek uit gaan en mij erbuiten laten, schoft!' Hij wilde Sjoerd opzij duwen, maar die stond rotsvast op zijn voeten.

'Luister nou eens,' zei hij. 'Wist jij hiervan?' Hij wees naar achteren. 'Van deze bergplaats?'

'Geen sprake van.'

'Remmelt?'

'Donder op, man. Ik ben niet zo achterbaks als jij.'

'Nou, nou.'

'Achterbaks, ja! En jij?' Hij keek over Sjoerds schouder naar mij. 'Dus je wist het wél. Hoor jij er ook bij, koorzangertje? Wat weet jij van muziek, zeg dat eens!'

'Je hebt weer gezopen, Remmelt. Ik ruik het,' zei Sjoerd, terwijl ik naar een antwoord zocht. Koorzangertje, dat klonk nogal denigrerend. Ik besloot dat ik maar beter mijn mond kon houden.

'Dus jullie hebben het gevonden?' zei Remmelt. Hij keek naar het donkere hoekje naast de graftombe. 'Is dat de plek?'

'We weten het nog niet helemaal zeker.' Sjoerd hief zijn handen op. 'En daarom hebben we het nog niet openbaar gemaakt.'

‘Openbaar maken, hè?’ zei Remmelt woedend. ‘En mij gewoon overslaan, hè?’

‘Natuurlijk niet, Remmelt.’ Sjoerd zei het zo verontwaardigd, dat ik bijna in de lach schoot. ‘Maar het lijkt er trouwens op dat iemand ons voor is geweest.’

‘Laat me erdoor, ik wil het zien.’ Het laatste leek hij niet te hebben gehoord.

‘Oké, oké.’ Sjoerd deed een stap opzij. ‘Maar we zijn er nog niet helemaal.’

Het koorzangertje trok zich dienstbaar terug en maakte plaats voor de twee kemphanen, die ik in de pandhof had gezien. Twee tegenpolen met hetzelfde doel. Maar hoewel ík toch degene was die het raadsel had opgelost, bemoeide ik me niet met hen. Het was zo al spannend genoeg. Ze hurkten samen voor de traptrede neer, naast de admiraal.

‘Maar waarom zou het hier liggen?’ vroeg Remmelt.

Sjoerd legde het kort en bondig uit, en Remmelt zweeg verbaasd.

‘Hoe ben je daar zo opgekomen?’ vroeg hij.

‘Ik niet; Peter.’ Sjoerd maakte een hoofdbeweging in mijn richting.

‘Het koorzangertje,’ zei ik.

Er kwam geen reactie, en Sjoerd ging verder met het verwijderen van het ingevoegde stuk steen, terwijl Remmelt zich hinderlijk over hem heen boog.

‘Ga eens aan de kant.’

‘Ik hou je in de gaten.’

Het werd komisch. Als twee kiftende jongetjes zaten ze daar naast elkaar in het donker, terwijl er voor mij niets anders opzat dan de zaklamp te bedienen.

Een tik, en Sjoerd haalde een flink stuk steen weg. ‘Schijnen,’ zei hij.

Ik scheen.

‘Dat stukje nog.’ Sjoerd tikte het weg, en er werd een kleine holte zichtbaar. Er schemerde iets wits, en ik hield mijn adem in. Zou het dan toch?

'Daar ligt iets,' zei Sjoerd opgewonden. Hij legde zijn gereedschap neer en stak zijn hand in het gat. Hij haalde er iets uit: papier. Dit was het moment.

Maar toen ik er met de zaklamp op scheen, zag ik dat het geen opgerold of opgevouwen stuk oud papier was. Het was een in vieren gevouwen blocnotevel. 'Wat hebben we hier?' mompelde Sjoerd. 'Kom eens op met die lamp.' Hij rukte het ding uit mijn hand en vouwde het papier open.

'Krijg nou wat,' zei hij, toen hij gelezen had wat er stond. 'Vincent.'

17

Utrecht, 8 oktober 2003

Ha vrienden, speurders, schatgravers,

Zoals jullie kunnen zien ben ik jullie voor geweest. Niet verwonderlijk voor een raadselkoning, toch? Gewoon even mijn licht opgestoken bij de Educatieve Dienst, en heel belangstellend gedaan over van alles en nog wat.
Maar ik vertrouw erop dat jullie vasthoudend genoeg zijn om op dezelfde plaats terecht te komen als ik. Jullie scherpzinnigheid is uiteraard minder dan de mijne, maar uiteindelijk moet het toch lukken.
Tja, ik heb het manuscript maar vast meegenomen. Een interessant koorwerkje, met een canon als uitgangspunt: 'Vanitas vanitatum', gecomponeerd toen Sweelinck in Harderwijk was om te adviseren bij het bouwen van een nieuw orgel in de Grote Kerk.
Grappig, het zou dus kunnen dat deze brief hier net zo lang komt te liggen als het motet van onze vriend Sweelinck. Wat, als jullie deze brief lezen, dan weer niet het geval zal zijn. Wat zit het leven soms toch raadselachtig in elkaar.
LEUK!
Ik heb met mezelf afgesproken om maximaal een maand te wachten. Als jullie deze plek dan nog

niet hebben ontdekt, zal ik jullie het manuscript alsnog laten zien.
Kan ik zo lang wachten? Ja, natuurlijk kan ik dat!
Tot zolang ligt het rustig onder de een of andere stapel papier.

Vincent (niet sterk maar wel slim)

ps. Het spreekt natuurlijk vanzelf dat t.z.t. de Domcantorij als eerste het motet zal uitvoeren.

V. (n.s.m.w.s.)

Op de Nieuwegracht hing de serene rust van de windstille januarinacht; de boomtakken waren kaal, het water bewoog niet en de ramen van de huizen waren donker. We kwamen, in elk geval tijdens onze korte wandeling naar Sjoerds huis, geen voorbijgangers tegen.

We waren sprakeloos, alle drie. Het raadsel was al groot geweest, maar nu leek alles in een groot vraagteken te zijn veranderd.

Vincent had de plek dus al gevonden, voordat wij het raadsel hadden opgelost. Hij had de bergplaats opengemaakt, maar wanneer? Niet terwijl de kerk open was geweest, dat kon natuurlijk niet. Maar wanneer dan? En vooral: met wie? Iemand moest bij hem zijn geweest. Iemand die in staat was om het alarm uit te schakelen en weer aan te zetten. Als hij alleen was geweest, moest iemand hem de sleutels en de alarmgegevens hebben verstrekt.

We hadden geen flauw idee.

Het gat dat we in de traptrede hadden gemaakt, hadden we, nadat we de holte hadden opgevuld, weer hersteld, zij het dat het nieuwe stuk wel een andere kleur had gekregen. We hoopten maar dat niemand erop zou gaan staan voordat het droog was geworden.

'Sneldrogend cement,' had Sjoerd gezegd. 'Morgenochtend keihard.'

'Dus Vincent heeft het gevonden,' zei Remmelt, met ondanks alles enige bewondering in zijn stem. 'De slimmerik, de achterbakse slimmerik.'

We zaten in Sjoerds kamer aan het bier. Dat hadden we wel verdiend, volgens hem. Niet dat hij doorgaans een goede reden nodig had om aan het bier te gaan.

'Hoe zou hij geweten hebben waar hij moest zoeken?' vroeg Remmelt verder.

'Dat was nou het slimme aan hem,' zei Sjoerd. 'Hij is op mensen afgestapt die meer van het gebouw wisten dan hij. En hij kon het niet laten om het voor zichzelf te houden.' Hij klonk lichtelijk verongelijkt. Het was zijn eigen idee geweest om Remmelt buiten de zoektocht te houden, maar dat hij zelf ook gepasseerd was, kwam toch hard aan.

'Raadsels waren Vincents tweede natuur,' zei hij daarna schouderophalend. 'Of hij loste ze op, of hij bedacht ze. Hij was er onwaarschijnlijk goed in.'

Remmelt keek naar mij, en ik ontdekte een spoor van ontzag in zijn blik. 'Dat geldt dus ook voor jou,' zei hij.

Ik weerstond de verleiding om hem het woord koorzangertje nog een keer onder zijn neus te wrijven. 'Toeval,' zei ik bescheiden, en ik vertelde hem van de avondmaalsformule en de rondleiding van Kas Bredervelt.

'Een maand.' Sjoerd staarde naar de brief. 'Dat heeft hij niet gehaald.'

'Voor het verstrijken van die maand is hij vermoord,' zei Remmelt.

'Dat is ie.' We keken hem allebei aan, omdat we misschien hetzelfde dachten, Sjoerd en ik: door jou?

De opeenvolgende gelaatsuitdrukkingen – eerst de vraag, toen het antwoord, vervolgens het ongeloof en de verbijstering, ten slotte plaatsmakend voor woede – waren zo overtuigend dat het onmogelijk leek om ze te acteren. In elk geval voor iemand als Remmelt Wijborch.

'Doe niet zo idioot,' zei hij venijnig. 'Noem je dat een motief?'

Hij had gelijk. Iemand vermoorden omdat hij zich buiten jou om een manuscript had toegeëigend, dat was onzin.

'Die moord heeft waarschijnlijk helemaal niets met dat hele muziekstuk te maken,' zei Sjoerd. 'Daar wist de moordenaar niks van.'

Remmelt knikte bevestigend, en zijn woede ebde weg.

'Dus dat manuscript zwerft ergens tussen de spullen van Vincent rond,' zei Sjoerd. 'Maar waar zijn die?'

'Die hebben Gert en zijn moeder opgeruimd,' zei ik. 'Zijn kamers zijn verhuurd.'

'Dan moeten we naar Gert.' Sjoerd stond op.

'Het is twee uur geweest,' zei ik. 'Dat kunnen we niet maken.'

'Maar het is belangrijk.'

'Morgen is vroeg genoeg.'

Sjoerd ging zuchtend de confrontatie aan met zijn volgende biertje, en ik keek naar Remmelt. Hij zat er ontdaan bij. Hij had zo lang nagedacht over de plek die zijn voorvader als bergplaats had uitgekozen. En uitgerekend nu er iemand met de oplossing kwam, was het te laat. Was het manuscript gewoon weg? Daar leek het op.

'Dat wilde ik nog vragen,' zei ik tegen hem. 'Als Vincent in die trede heeft zitten hakken, moet hij dat na sluitingstijd hebben gedaan. Maar hoe kwam hij daar, op dat tijdstip?'

'Hoe moet ik dat weten?' Remmelt haalde nukkig zijn schouders op.

'Iemand moet hem een sleutel van de kerk hebben gegeven. Iemand die weet hoe het alarm werkt.'

'Dat kan jij net zo goed zijn geweest. Jij hebt ook een sleutel.'

'Ik was het niet.'

'Nee?'

'Wees nou eens reëel, man.' Mijn ergernis kreeg nu de overhand. 'Dus ik ga met Vincent de trap openhakken, en dan nog een keer met Sjoerd om de brief te ontdekken die ik er met Vincent zelf heb ingestopt. Dat is toch belachelijk.'

'Misschien speel je wel toneel.' Zijn achterdocht laaide op.

'Met welk doel? Ik had toch helemaal niets tegen Sjoerd over de trap hoeven zeggen. Dan had er nooit een haan naar gekraaid.'

Hij zweeg.

'En jij hebt zelf een sleutel,' zei ik. 'Ik kan over jou hetzelfde beweren.'

'Hou eens op, jongens,' zei Sjoerd. 'Peter was er niet bij. Daar geloof ik helemaal niks van.'

'Nou ik was het ook niet.'

Het was helemaal niet mijn bedoeling geweest om Remmelt met mijn vraag verdacht te maken. Ik wilde alleen maar het rijtje af. 'Wie hebben er allemaal een sleutel?' vroeg ik.

'De kosters,' zei hij stug. 'Een paar ervan in elk geval. De dominee, de cantor, de voorzitter van de kerkenraad.'

Ik liep het rijtje langs. Ik zag in gedachten dominee VanderGracht, die grijze eminentie, op zijn knieën naast Joseph Willem van Gendt zitten, en ik schudde mijn hoofd. De voorzitter van de kerkenraad dan, een kale, steile man met een Drents accent.

Nee.

De koster? Ik kreeg een ingeving.

'Raymond Bloem,' zei ik. 'Is die eigenlijk officieel ook koster?'

'Raymond Bloem?'

'Die kleine, met dat baardje.'

'O ja, ik weet wie je bedoelt. Familie van Johan de Vlieger.'

'Die heeft toch ook een sleutel?'

'Weet ik niet.'

Ik zag de foto, waarop Raymond Bloem bij de kerk vandaan liep. Hij had de kerk niet afgesloten, omdat hij mijn knop naar links had zien staan. Maar als ik er niet geweest was, had hij dat wel moeten doen. Hij had iedereen de kerk uit gejast, zoals hij het had genoemd. Ik zou hem kunnen vragen of hij een sleutel had, maar waarschijnlijk zou hij weer door het lint gaan. En bovendien: het was me nooit opgevallen dat Vincent en hij elkaar kenden.

‘Die cantor van jou heeft er ook een,’ zei Sjoerd.

Kende ik Corné eigenlijk wel? Die parmantige, kleine man met zijn artistieke, zilvergrijze lokken? Ik had regelmatig met hem te maken, maar hij was niet iemand die zich makkelijk liet kennen. Dat hij iemand iets zou aandoen leek me ondenkbaar, maar ik achtte hem wel in staat om samen met Vincent op zoek te zijn gegaan naar het Sweelinckmanuscript. Verdorie, dat was zo. Daar moest ik zo snel mogelijk achteraan.

‘Ik ga naar huis,’ zei ik, en ik stond op.

‘Maar wat doen we nu?’ vroeg Sjoerd.

‘Nu doe ik niks meer. Ik barst van de slaap.’

Ik wachtte niet tot Remmelt ook zou opstappen en ging in mijn eentje de straat op. Ze zochten het maar uit.

Het was kouder, voelde ik, terwijl ik mijn fiets van het slot haalde. Op weg naar huis door de doodstille nacht, bedacht ik me dat alle gebeurtenissen niet zouden misstaan in een spannende film. De beelden tuimelden over elkaar heen: de donkere plek naast de tombe, het bleke gezicht van Remmelt Wijborch achter het koorhek. Het gezicht van Raymond Bloem kwam langs, en toen bevroor het beeld bij de zerk van Otto Bloys van Treslong, met daarop een liggende gestalte, vaag verlicht door de eenzame kaarsvlam in de Gedachteniskapel. Deze nacht was Vincent bijna weer terug geweest. Bijna hoorde ik zijn stem weer. Bijna had ik hem kunnen aanraken. De tranen prikten in mijn ogen en om me heen werd alles mistig.

De stad liet me door, meer niet, en zweeg onaangedaan.

18

Toen ik de volgende ochtend vroeg bij Gert aanbelde, waren de gordijnen bij Sjoerd nog dicht. Ik besloot hem maar de ruimte en de tijd te geven voor het verwerken van zijn alcoholgebruik. Alleen op onderzoek, en bovendien kon ik nu in alle rust bij Gert langs.

De meubels en kleren van Vincent, zijn computer, zijn tv en zijn stereo-installatie, zijn fiets en verder nog wat spullen, lagen opgeslagen in een City Box. Stapels papier, zoals oude kranten en tijdschriften waren bij het oud papier beland. Van een oud muziekmanuscript kon Gert zich niets herinneren.

'Had Vincent dat?' vroeg hij verbaasd. 'Dat stuk van Sweelinck, uit de brief van de oude Wijborch?' Ik zag dat het uitspreken van Vincents naam hem nog steeds moeite kostte.

'Hij had de vindplaats ontdekt,' zei ik. 'En om de anderen, vooral Remmelt denk ik, een beetje te pesten, wilde hij die nog een tijdje voor zichzelf houden.'

Hij knikte, alsof hij dat, Vincent kennende, logisch vond. 'Maar ik kan me niet herinneren dat ik iets heb gezien wat daarop lijkt,' zei hij.

We keken elkaar aan. In gedachten zag ik een stapel tijdschriften, met daartussen het onontdekte manuscript van Sweelinck, in een doos verdwijnen die naar de papiercontainer zou worden gebracht.

Vanitas vanitatum, ijdelheid der ijdelheden.

Ik kreeg Gert niet zover om mee te gaan naar de City Box, maar hij gaf me wel de sleutel en de code. Misschien had Vincent een map waar hij het kostbare stuk in had bewaard, maar hem kennende had hij het inderdaad gewoon in een oude krant onder op een stapel bewaard. Niet om nou te beweren dat het door de studie kwam, maar wat het creëren van chaos betrof, pasten Sjoerd en hij prima bij elkaar.

Ik ging er alleen naartoe. Het complex van City Box vond ik op een industrieterrein, tussen twee woonwijken in. Het zag er efficiënt en onpersoonlijk uit, zowel van buiten als van binnen. Industrieterreinen moeten er natuurlijk zijn, maar ze maken op mij een naargeestige indruk, en ik ben altijd blij geweest dat ik niet elke dag voor mijn werk naar zo'n plek hoefde. Ook hier was de kaalslag troef, geen groen te bekennen.

'U zoekt?' vroeg een jongeman in een rood jack, die in de portiersloge van het uitzicht zat te genieten.

'Ik moet in box negen zijn,' zei ik.

'Box negen.' Hij keek me onderzoekend en een tikje wantrouwend aan. 'Zijn de spullen die daar liggen van u?' vroeg hij.

'Nee,' zei ik. 'Ze zijn van een overleden vriend van me.'

'Hebt u een sleutel?'

'Ja, natuurlijk, hoezo?' Ik liet hem de sleutel zien.

'Ja, ziet u, vorige week was er ook iemand voor box negen. Maar die had geen sleutel.'

Nog iemand? Ik dacht meteen aan Sjoerd, op zoek naar hetzelfde als ik: het Sweelinckmanuscript.

'Een jonge man?' vroeg ik. 'Groot, met lang haar? Staart?'

'Zeker niet.' Hij schudde zijn hoofd. 'Klein, nog geen één meter zeventig. Raar kereltje. Zei dat hij per se in de box moest zijn. Iets persoonlijks, zei hij. Maar ja, dat gaat zomaar niet, dus hij is onverrichter zake weer vertrokken. Nooit meer teruggezien. Hij wilde zich ook niet legitimeren. Kunt u dat wel?'

Ik liet hem mijn rijbewijs zien en hij noteerde mijn naam.

'Dat doen we lang niet altijd,' zei hij. 'Maar in dit geval maar wel. Raar, twee keer achter elkaar iemand voor de box van een dooie. U vindt het toch niet erg, hè?'

Ik schudde mijn hoofd, terwijl ik probeerde me het rare kereltje voor de geest te halen. Nog meer familie? Nee, ik hoefde niet lang na te denken. Raymond Bloem, natuurlijk.

De jongeman legde me verder niets in de weg. 'Beneden,' zei hij. 'Daarginds linksaf.'

Ik bedankte hem en liep een lange hal in met links en rechts door rolluiken afgesloten boxen, met nog een verdieping erbovenop.

Alweer Raymond Bloem die mijn pad kruiste. Van alle kanten kwam hij het verhaal binnensluipen, en ik zag hem constant in mijn buurt. Hoe dan ook: hij was hier niet toegelaten, en hij was dus niet in de box geweest.

Nummer negen was zoals gezegd beneden, aan het eind van een kleine zijgang. Ik opende de box. Ik trof maar een kleine hoeveelheid spullen aan, heel wat ordelijker opgesteld dan zoals het er in Vincents kamer had uitgezien. Een bankje, een paar stoelen en een tafel, een paar kasten met kleren. Verder een paar schemerlampen en kookspullen. Geen stapels papier, geen mappen. Geen Vincent meer. Over een tijdje zou dit allemaal worden verkocht of, wat waarschijnlijker was, naar de kringloopwinkel worden gebracht, en dat was het dan.

Met mijn handen in mijn zakken keek ik naar de kleine verzameling en ik werd treurig. Als op een kerkhof was het hier: het eindpunt.

Ik rommelde nog wat rond maar, zoals ik had verwacht, van een manuscript geen spoor.

Ik sloot de box af en liep door de hal naar de buitendeur. Mannen waren bezig om een busje uit te laden. Meubels en andere huisraad, alleen heel wat meer dan in box negen.

'Gelukt?' vroeg de portier, zonder te weten waarnaar ik had gezocht.

'Gelukt,' zei ik, en ik liep naar buiten, waar de zon scheen, en waar de mensen zich na een werkdag naar huis haastten.

Ik had al een tijd niets meer van adjudant Posthumus gehoord, en ging er maar van uit dat ik van de verdachtenlijst was afgevoerd. Van verschillende cantorijleden wist ik dat ze een verklaring hadden moeten afleggen. Een verklaring die in alle gevallen op hetzelfde neerkwam: buiten het koor hadden weinig mensen veel contact gehad met Vincent, en ze konden de politie niet verder helpen. Hoe het onderzoek vorderde, wist ik niet.

Het leven was weer op gang gekomen en het mysterie was zo langzamerhand opgeschoven naar de zijkant van onze aandacht. We konden van alles bedenken, maar niemand wist de weg naar de oplossing, en andere zaken eisten onze aandacht weer op. Vincent was weg, we wisten niet waarom. En zelfs als we dat wel wisten, zou het hem niet terugbrengen. Het leven ging door en het zingen dus ook. We werkten aan een concert met motetten van Brahms en psalmen van Mendelssohn. Iedereen heeft zo zijn voorkeur, maar voor mij is romantische koormuziek een feest, en de melodieën speelden al dagen van tevoren voortdurend door mijn hoofd. Geen plaats voor Posthumus.

Maar ja, of de duvel ermee speelde, er stond een bericht van hem op mijn voicemail, toen ik na mijn bezoek aan de City Box thuiskwam. Of hij bij me langs kon komen.

Barst, waarom nou weer? En waarom bij mij thuis?

'Dan worden we niet gestoord,' zei hij, toen ik het 06-nummer had gebeld dat hij me gegeven had. 'Daar ga ik tenminste van uit. Hier is het de laatste tijd een gekkenhuis.'

Hier, daarmee bedoelde hij het politiebureau.

En dus zette ik koffie en ruimde wat op. Ik ging zelfs met de stofzuiger door de woonkamer, mezelf afvragend waarom ik dat deed. Bij Posthumus thuis – was hij eigenlijk getrouwd? – zou het net zo goed een stuk slordiger kunnen zijn dan bij mij thuis. Wilde ik een goede beurt maken?

Ik was net klaar, toen hij aanbelde.

'Koffie?' vroeg ik, en toen hij dat aanbod geaccepteerd had, ging ik mijn keuken in om hem de gelegenheid te geven het interieur in zich op te nemen. Aannemende dat zoiets voor politiemensen tot hun tweede natuur behoort, of op zijn minst een vaste gewoonte is bij een huisbezoek bij een mogelijke verdachte van een moordzaak.

'Leeft u van een uitkering?' vroeg hij plompverloren, toen ik met een pot koffie in de kamer terugkeerde. 'Of is dat een impertinente vraag?'

'Ja, en ik schaam me er niet voor,' zei ik. 'Temeer omdat ik verschillende soorten vrijwilligerswerk doe, natuurlijk.'

'O, u hoeft zich niet te verdedigen.' Hij nam zijn koffie aan. 'Zie het als belangstelling.'

'Dan is het goed.'

Hij glimlachte even. 'Ik zal u de reden van mijn komst uitleggen,' zei hij. 'Het onderzoek heeft de laatste tijd niet de hoogste prioriteit gehad. Het is wel eens goed om een en ander even te laten rusten, maar nu hebben we het toch weer opgepakt. In de eerste plaats heb ik geprobeerd erachter te komen of er mensen zijn die op de een of andere manier met de Domkerk in verband staan en die iets hebben met rituelen, of zelfs sekten.'

'U hebt speciaal onderzoek gedaan naar mensen die iets met de Domkerk te maken hebben?'

'Als je alles op een rij zet, is het heel goed denkbaar dat dat de kringen zijn waarbinnen ik moet zoeken. Vanwege het alarm, ziet u.'

Ik moest hem gelijk geven. Aan een kerk verbonden zijn, op wat voor manier dan ook, is geen garantie voor een leven zonder misdaad. Zelf had ik ook alleen maar rondgewroet in de Domkerkgemeenschap zelf, hoe bizar ik de gedachte ook vond. Maar door mijn zoektocht naar het muziekmanuscript had ik het fenomeen sekten uit het oog verloren.

'Ik heb er één gevonden,' zei hij.

Ik fronste mijn wenkbrauwen en keek hem afwachtend aan.

'Bent u bekend met hekserij?'

'Zullen we even serieus doen?' zei ik verontwaardigd.

Hij grijnsde. 'Nee dus,' zei hij. 'Niet dat ik het van u had verwacht. Maar u wist ook niet dat het bestond?'

Ik had er wel eens iets over gezien in een of ander tv-programma, maar ik had er verder nooit aandacht voor gehad.

'Loopt er een heks rond in de Domkerk?' Ik vroeg het geloof ik nogal spottend, want hij stak een belerend vingertje op.

'Wicca,' zei hij. 'Witte hekserij. Geen zwarte magie, maar positieve energie. En met gebruik van rituelen, die zijn belangrijk. En de persoon op wie ik doel, loopt niet alleen in de Domkerk rond, maar zelfs in uw koor.'

'Belachelijk.' Het was eruit voor ik er erg in had.

'Toch is het zo.'

'Wie dan?'

Hij hield even in maar bleef me strak aankijken: 'Mevrouw Aldewereld,' zei hij toen.

Het duurde even voor tot me doordrong dat hij Maria bedoelde, en ik was perplex.

'Maria?' zei ik, en mijn stem schoot uit. 'Een heks?'

'Officieel lid van een kring.'

Ik dacht onwillekeurig aan een kring vliegenzwammen in een herfstbos. Maria in een heksenkring, niet te geloven. Wat zou haar meneer daarvan vinden?

'Met die wetenschap ben ik naar haar toe gegaan,' zei Posthumus.

'Ho, ho eens even.' Ik stak een hand op. 'Witte magie, zei u toch? Positieve energie?'

'Precies.'

'Nou dan?'

'Denkt u dat gelovige mensen tot niets kwaads in staat zijn?'

Ik moest toegeven dat dat niet zo was. Ik was zojuist tot dezelfde conclusie gekomen, toen ik over de Domkerkgemeente had nagedacht.

'Mevrouw Aldewereld heeft geen alibi,' zei hij. 'Ze heeft verklaard dat ze alleen thuis was, dat weekeinde. Haar man was naar een congres. Ze is niet gebeld, er is niemand op bezoek geweest. Niemand kan bevestigen dat ze thuis was.'

'Ja, neem me niet kwalijk.' Ik was half overeind gekomen, maar zakte weer terug op mijn stoel. Ik voelde een sterke behoefte om Maria te verdedigen. 'Er zijn er zoveel zonder alibi,' zei ik. 'Maar er moet toch wel meer zijn om iemand te verdenken. Een motief bijvoorbeeld.'

'Een motief.' Hij knikte. 'Daar slaat u de spijker op zijn kop. De wijze waarop het slachtoffer op die grafzerk was gelegd, ziet u, die houdt me bezig.'

'Nou, ik vind dat lijntje naar haar lidmaatschap van een heksenkring wel erg dun, moet ik zeggen.'

'Ik moet elke mogelijkheid openhouden.'

Ik knikte. Dat zeggen ze in tv-series ook altijd.

'Maar ja, als ze echt thuis was, kan ze het niet gedaan hebben, natuurlijk,' zei hij. 'Tenzij ze het van een afstand heeft kunnen doen, met behulp van magie. Maar dat acht ik onmogelijk.' Hij zei het met een doodernstig gezicht.

Dit meende hij niet! Ik schoot bijna in de lach.

'Zou u kunnen leven met de gedachte dat zij wellicht de dader is?' vroeg hij.

'Absoluut niet.' Ik schudde gedecideerd mijn hoofd. 'Geen sprake van.'

'Waarom niet?'

'Daarvoor waren Vincent en Maria te close.'

'Dat zei uw dirigent indertijd ook al. Wist haar echtgenoot dat?'

Ik tilde mijn handen op. 'Die ken ik helemaal niet,' zei ik. 'We zien hem haast nooit.' Ik haalde hem voor me. Een lange man, strak in het pak, bril met dun gouden montuur. Een merkwaardige combinatie: hij met een witte heks.

'Ja, als hij wist dat zijn vrouw iets had met meneer Brinkhof…'

'Hij was homo.'

'Meneer Storm, u moest eens weten wat ik allemaal tegenkom.'

'Maar dan nog lijkt het me geen motief voor zoiets bruuts.'

'Ik moet elke…'

'Mogelijkheid openhouden,' vulde ik aan. 'Maar het kan helemaal niet. Hoe kan hij na sluitingstijd nog in de kerk zijn geweest?'

'Daar hebt u een punt.' Hij knikte, maar in gedachten zag ik Posthumus weer bij Maria op de stoep staan. Deze keer om haar man een paar vragen te stellen.

'Maar goed, ik moet ook nog andere scenario's openhouden. En daarom kom ik nog maar weer eens naar u.'

'Voor niks,' zei ik.

Hij glimlachte. 'Ik moest gisteren opeens denken aan die foto's die u hebt gemaakt. Toen u op het dak was.'

'O?'

'Ja, het is misschien niet heel erg voor de hand liggend. Maar alles wat in de omgeving van de kerk gebeurde op het tijdstip van de moord kan van belang zijn.'

Ik kon niets bedenken, maar de foto's kon hij wat mij betreft zien. Al was het alleen maar om van iemand te horen hoe mooi ze waren.

'Ik heb er een album van gemaakt,' zei ik. 'Als u even heeft, start ik mijn computer op.'

'Ik heb even.' Hij maakte het zich gemakkelijk, zwaaide zijn ene been over het andere en sloeg zijn armen over elkaar. Hij glimlachte me toe. 'Heel vriendelijk van u.'

'Ja, ja.' Ik was ervan overtuigd dat hij, als hij dat nodig vond, me zou kunnen dwingen hem de foto's te laten zien. Maar zenuwachtig maakte hij me niet meer.

Ik klikte op de lijst met albums op 'dak domkerk' en toverde de foto's tevoorschijn.

'Dit zijn ze,' zei ik.

Hij boog naar de computer toe en bekeek de eerste foto's. Grote pinakels, scherp op de voorgrond, met op de achtergrond het wazige torentje halverwege de Voetiusstraat.

'Mooi,' zei hij.

'Scrol maar door.' Ik stapte opzij.

Hij bladerde door het album, de ene foto na de andere verscheen op het scherm. Mooie beelden, al zeg ik het zelf, van een herfstige namiddag. Foto's van het dak zelf, van wat daar allemaal te zien was. Foto's van de Domtoren, genomen vanuit een zelden gefotografeerde hoek, en van de Domstraat, met op de achtergrond de Janskerk. Hij keek scherp naar de mensen die op de beelden te zien waren.

'Kijk,' zei ik. 'Ziet u hem daar?' Ik wees naar het kleine figuurtje naast de auto. 'Dat is Raymond Bloem, de hulpkoster.'

Hij verstrakte. 'Degene die de kerk had moeten afsluiten,' zei hij. 'Weet u het zeker?'

'Kijk maar.' Ik haalde het gedeelte met Raymond naar voren en toen was het duidelijk te zien. 'Ik had het aanvankelijk niet eens gezien. Toevallig, hè?'

Hij keek opzij. 'Dat valt me nou van u tegen,' zei hij. 'Ik weet sowieso niet of toeval bestaat, maar hier moet in elk geval worden uitgezocht óf er wel sprake van toeval is.' Hij keek weer naar de foto en dacht na. 'Even alles op een rijtje,' zei hij. 'Hij verliet de kerk, en ging op weg naar... waarnaar ook weer? Naar het station, juist. En precies op dat moment kwam hij op de foto. Merkwaardig.'

'Merkwaardig?'

'Als u van de kerk naar het station loopt, welke kant gaat u dan op?'

'Onder de Dom door, en dan door de Zadelstraat.' Ik keek naar de foto. 'Hé,' zei ik.

'Precies: hé. Hij loopt de verkeerde kant op.'

'Misschien had hij eerst nog iets anders te doen.'

'Nee, nee.' Hij schudde zijn hoofd. 'Hij had haast. Hij moest naar Enschede, naar een concert, ik weet het weer. Hij moest een trein halen.'

Dat was inderdaad raar. Ik staarde weer naar het scherm en zocht naar een verklaring.

'Hoe laat ging u ook alweer het dak op?'

'Dat weet ik niet meer tot op de minuut.' Ik dacht na. 'Tegen vieren,' zei ik.

'Denkt u nog eens goed na, alstublieft.' Hij probeerde het te verbergen, maar zijn stem verried opwinding. 'Welke foto's maakte u het eerst?'

'Daar hoef ik niet zo lang over na te denken,' zei ik. 'Ik heb er twee of drie uitgehaald, omdat ze onscherp waren. Maar voor de rest staan ze op volgorde.'

'En hoe laat was u ook alweer beneden?'

'Dat was in elk geval zeker na half vijf. Ik heb niet op mijn horloge gekeken, maar het was al behoorlijk donker.'

'En deze foto' – hij wees naar het scherm – 'was dus een van de laatste?'

'De voorlaatste,' zei ik. Ik scrolde door, en de laatste foto kwam tevoorschijn. Een opname met het laatste tegenlicht van die middag. Herfstlicht in optima forma. Het was een mooie, maar hij ging terug, en daar was de Domstraat weer.

'De voorlaatste dus,' zei hij, met voldoening in zijn stem. 'Gemaakt na half vijf. Met op straat iemand die om vier uur de kerk heeft verlaten, om in vliegende haast naar het station te gaan omdat hij een trein moest halen.'

Ik keek hem aan. 'Verrek,' zei ik. 'Dat klopt niet.'

'Voor geen meter,' zei hij.

Mijn gedachten sloegen op hol. Waarom zegt iemand dat hij om vier uur is weggegaan, terwijl dat in werkelijkheid een half-uur later was? Om te verbergen dat hij al die tijd nog in de kerk was geweest, een andere optie was er niet. Hij was op het moment dat Vincent vermoord werd in de kerk geweest. Het verscheen met grote letters op een witte achtergrond in mijn gedachten. Maar daaronder stond ook de vraag: waarom? Ik kende Raymond niet goed genoeg om het antwoord op die vraag te weten.

'Wat voor motief had meneer Bloem om meneer Brinkhof te vermoorden?' Posthumus hield zich met dezelfde vraag bezig als ik.

'Daar denk ik net over na,' zei ik. 'Ik weet het niet.'

Posthumus kwam in actie. Hij belde met zijn beroepsmatige wederhelft, hoofdagent DeBildt. Hij zei dat die alles wat hij omhanden had moest laten voor wat het was, en dat hij op hem moest wachten bij het hoofdbureau.

'U was het niet van plan, meneer Storm,' zei hij. 'Maar ik denk dat u me nu toch een heel eind vooruit hebt geholpen. Zo zie je maar weer.'

Hij nam haastig afscheid en ging ervandoor.

19

Raymond Bloem, Raymond Bloem, Raymond Bloem.

Zijn naam ging, terwijl ik naar het centrum fietste, als een zich voortdurend herhalend muziekje door mijn gedachten. Wat speelde zich allemaal af in dat merkwaardige hoofd van hem? Wie kende hem goed genoeg om dat te weten? Ik had hem nooit anders gezien dan alleen, maar afgaande op de leren uitdossing die hij droeg toen hij gespot was op het station, hield hij er blijkbaar toch een sociaal leven op na, al hield hij dat voor de meeste mensen verborgen.

Zonder dat ik dat echt van plan was, koerste ik richting Domkerk, waar altijd nog wel wat muziek viel op te bergen. En misschien was Raymond daar. Ik wist niet wat ik tegen hem moest zeggen als ik hem tegen het lijf zou lopen, en misschien moest ik dat ook wel helemaal niet doen, maar soms doet een mens dingen zonder erbij na te denken, alsof hij van buitenaf wordt aangestuurd.

De Domtoren stond massief en slank tegelijk in de nevelige namiddag, zwijgend en onaantastbaar, terwijl hij neerkeek op het vluchtige gedoe van de mensen om hem heen. Ik zette mijn fiets vast aan het rek tegen de kerkmuur en keek om me heen. Geen bekenden, en niets ongewoons. En toch, zonder dat ik wist waarom, voelde ik het bloed kloppen in mijn hals, sneller dan anders. In een ingeving legde ik de vingertoppen van mijn linkerhand op de slagader van mijn rechterpols. Iets boven de honderd, en waarom? Ik wist het niet. Een voorgevoel? Ik schudde mijn hoofd. In mijn opinie waren voorgevoelens geprojecteerde angsten of verlangens die uit de mens zelf voortkomen, niets meer.

De glazen deuren van de hoofdingang schoven automatisch open, in tegenstelling tot de houten klapdeuren links en rechts in het halletje. In de kerk was het zoals altijd aangenaam rustig. Achter de informatiebalie zaten twee oudere dames, die hoewel de verwarming aanstond, warme vesten en shawls droegen. Ik knikte hen in het voorbijgaan toe, en ze glimlachten terug. Ze wisten wie ik was.

Ik liep de kerk door, door het koor en de kooromgang, en wierp een blik in het theehuis. Niemand die ik wilde spreken, geen Raymond Bloem. In de winkel zocht een echtpaar op leeftijd een kleine icoon uit. Ik keek even bij het boekenrek, achterin. Daarna knikte ik de vrouw achter de verkoopbalie toe en ging de kerk weer in. Ik keek op mijn horloge en zag dat het half vier was. Over een halfuur ging de kerk dicht.

In het halletje bij de zijdeur schoof ik mijn rode knop naar links. De sacristie was leeg. Corné was er niet, Remmelt evenmin. Geen muziek vanmiddag, alleen op papier.

Zo vlak tegen sluitingstijd waren er nauwelijks nog bezoekers. Twee dames zaten zwijgend in een kerkbank om zich heen te kijken. Ik wilde teruggaan naar de sacristie, toen ik vanuit mijn ooghoek iemand op een stoel vlak bij het orgel zag zitten. Een vrouw. Ze zat iets voorovergebogen, met haar handen in haar schoot. Het daglicht was het al aan het afleggen tegen de somberheid van de namiddag, zodat ik niet meteen kon zien wie het was, maar ik voelde dat het iemand was die ik kende. Ik liep langzaam in de richting van het orgel, en na een meter of vijftien zag ik dat het Maria was.

Ik stond stil en keek naar de bewegingloze figuur op de stoel. Iets hield me tegen. Ik was toch al niet zo vertrouwelijk met haar, en haar houding zei me dat ik haar met rust moest laten.

Dus ze was een heks, een witte heks. Nu ik er goed over nadacht, was ik niet eens meer zo verbaasd als in eerste instantie. Het paste eigenlijk wel bij het onafhankelijke en tegelijk mysterieuze beeld dat ik van haar had. Zonder dat ik precies wist wat dat inhield, een witte heks zijn. Verhalen van vroeger, sprookjes met geheimzinnige vrouwen die konden toveren, tot zover reikte mijn kennis over heksen. Die heksen waren zonder uitzondering oud en krom, en hadden een haakneus met een wrat erop. Zaken die op Maria absoluut niet van toepassing waren.

Niemand in de cantorij wist dat Maria een heks was, of het zou iemand moeten zijn die heel goed geheimen kon bewaren. En Vincent, zou hij het geweten hebben?

Ze had geen alibi voor die zondagmiddag. Maar ik had haar ook niet in de Domkerk gezien, de hele middag niet. Ook niet bij het concertje van Gert met zijn blazers.

Ik schudde automatisch mijn hoofd. Het was te gek voor woorden: Maria als een furieuze moordenaar, die daarna alle sporen weer uitwiste. Het kon niet, het was niet waar, het was belachelijk.

Maar alles kon.

In gedachten zag ik opeens Raymond Bloem, die opstond van het bankje in de bushalte en doelbewust achter haar aan liep. Het had misschien niets met elkaar te maken, maar zijn lichaamshouding op de foto die ik had gemaakt was dezelfde geweest: voorovergebogen, maar vastberaden. Maar ja, hij liep altijd voorovergebogen, en die vastberadenheid bedacht ik er misschien bij.

Van de uitdagende zelfverzekerdheid van Maria was de laatste tijd niet veel te merken geweest. Ze kwam nog wel en zong mee, maar na afloop van repetitie of concert naar de kroeg, dat was er niet meer bij. Het was alsof ze op een eiland zat, waar wij niet konden komen.

Er was niets wat ik tegen haar kon zeggen, omdat ik alleen maar kon raden naar wat er in haar om ging. Maria was mijlenver buiten mijn bereik. Ik draaide me om en liet haar met rust.

Terug in de sacristie werkte ik op de automatische piloot een stapel muziek weg. Er waren een paar koorpartijen die naar de kast halverwege de trap tussen de sacristie en het secretariaat moesten. Binnensmonds foeterend, vooral op Julia die zoals gewoonlijk haar muziek veel te laat inleverde, ging ik naar boven. Op Julia kon ik misschien nog wel kwaad worden, ik kon onmogelijk kwaad blijven. Na tien treden was de boze bui alweer voorbij.

Ik schoof de bladmuziek in de juiste enveloppen en liep de trap weer af. Genoeg voor vandaag. Ik sloot de sacristie af. Het was inmiddels na sluitingstijd, de kerk was leeg, en ik begon aan mijn gebruikelijke rondje over de grafzerken. Ik was nog maar net op pad, toen ik ergens boven me een deur hoorde dichtslaan. Ik keek omhoog, naar het triforium, maar daar was niets te zien.

Ongewild dacht ik aan het verhaal dat ik een keer van een organist had gehoord dat hij, als hij na sluitingstijd in een lege kerk op het orgel zat, soms de luchtstroom voelde van iemand die achter hem langs liep. Terwijl er niemand te zien was. Ook hoorde hij zo nu en dan een deur open- en dichtgaan, zonder dat er een levend wezen in de kerk was, behalve hijzelf dan.

Ik heb genoeg verbeeldingskracht om me van alles te kunnen voorstellen, maar in de aanwezigheid van geesten, van dode organisten bijvoorbeeld, geloofde ik niet. Het bestaan van geesten is mensenwerk.

Ik ging naar het halletje bij de zijdeur omdat ik aan de rode knoppen wilde zien wie er, behalve ikzelf, nog meer was. Op het bord stonden alle knoppen naar rechts, behalve de mijne, en die van Johan de Vlieger.

Ik ging de kerk weer in. Johan de Vlieger, wat moest ik daarvan denken? Wat deed hij op het triforium?

Ik kreeg een onbehaaglijk gevoel. Dat was de tweede keer dat ik in de donker wordende kerk niet alleen was, zonder dat ik de ander echter kon zien. Ik hoefde niet te blijven. Ik kon gewoon mijn knop naar rechts schuiven en naar huis gaan. Toch deed ik dat niet. Bij het hek naar de kooromgang, vlak bij de deur van de sacristie, bleef ik staan. Ik nam de schemerige ruimte in me op en luisterde geconcentreerd. Van buiten de kerk klonken vaag de stadsgeluiden. Maar daarnaast, of daarbovenuit, hoorde ik plotseling gesmoorde geluiden die bij een worstelpartij leken te horen. Gehijg, en een gesmoorde kreet, alsof iemand de mond werd gesnoerd. Ik voelde de haartjes op mijn armen rechtovereind komen. Er waren meer mensen boven. En het klonk niet goed. Ik liep naar voren, de kerk in, en keek weer omhoog. Ik zag de zuiltjes van het triforium, maar wat zich daarachter afspeelde was van beneden af niet te zien. Het geluid verplaatste zich. Het klonk alsof er iemand werd meegesleept. Wat deed Johan de Vlieger daar? En hij was niet alleen. Wie was er bij hem?

Toen hoorde ik een kreet, een vrouwenstem. Iemand had zich los weten te maken, maar dat was maar voor even. De kreet werd direct weer gesmoord. Johan de Vlieger was dus niet het slachtoffer.

Ik aarzelde niet, maar liep terug, de kapel van Sierck in. Bij het bordje van de toiletten toetste ik op mijn mobiel het nummer van Posthumus in.

'Met Storm,' zei ik, en, ten overvloede, 'van de Domkerk.'

'Ik weet wie u bent, meneer Storm,' zei hij.

'Kom naar de Domkerk,' zei ik. 'Er gebeurt hier iets, boven, een vechtpartij.'

'Wie?' vroeg hij.

'Dat weet ik niet. Kom alstublieft, snel. Ik zet de zijdeur bij de Domstraat op scherp. Weet u nog, waar u naar boven kunt, naar de balgenkamer en hoger?'

'U gaat toch geen domme dingen doen, hè, meneer Storm?'

'Ik weet niet wat ik ga doen. Als u mij beneden niet ziet, ben ik naar het triforium. Ik laat de deuren openstaan.'

'Wees voorzichtig, we komen eraan.' Posthumus leek zich ineens te realiseren dat het ernst was.

Ik opende de buitendeur en liet hem heel langzaam terugkomen, zodat hij net niet in het slot viel. Van buiten af was niet te zien dat hij niet gesloten was, en ik klemde voor de zekerheid een twee-euromunt, die ik los in mijn broekzak had zitten, tussen de twee deurhelften, onderaan op de drempel. Ik ging terug naar de kooromgang en luisterde. De worsteling had zich verplaatst naar de uiterste oostkant, recht boven de tombe van Van Gendt.

Weer hoorde ik een half gesmoorde kreet van pijn.

Ik nam een voor mijn doen ondoordacht besluit en liep naar de deur bij de traptoren, naast het beeldje van Sint-Maarten. Ik ging naar boven.

Wat ging ik boven doen? Ik had geen flauw idee, maar het zou misschien te lang duren voor de politie kwam. En hoewel ik niet wist wie er boven waren, had ik bij het horen van die vrouwenstem een erg ongemakkelijk gevoel gekregen. Ik dacht weer aan de gebogen vrouwengestalte onder het orgel, anderhalf uur geleden.

Maria.

Ze zou het kunnen zijn, maar wat moest Johan de Vlieger in godsnaam met Maria? Letterlijk en figuurlijk in het donker tastend, zocht ik het sleutelgat van de deur naar de balgenkamer en het triforium. De deur was dicht, maar zat niet dubbel op slot, zoals voorgeschreven. Ik ging de trap op zonder het licht aan te doen. Omdat ik niet wist wat er zou gebeuren als De Vlieger zou zien dat er iemand aankwam.

Je bent gek, zei ik tegen mezelf. Dit was niet mijn afdeling. Mijn afdeling was afwachten, alleen, thuis. Muziek uitzoeken, zingen, doen wat de cantor zegt. Niet in het donker de trap op struikelen, op weg naar iets gewelddadigs en bedreigends. Ik was geen held, nooit geweest. En toch ging ik.

Het deurtje boven, naar het triforium, stond half open. Ik ging linksaf tot aan de hoek en wachtte even, terwijl ik probeerde mijn ademhaling onder controle te krijgen. Vlakbij was niets te horen. In de verte wel, of ik moest het me verbeelden. Ik ging de hoek om.

Het triforium is smal en de borstwering is niet al te hoog. Ik had er wel eens gestaan als tijdens een concert een kleine koorgroep van bovenaf nodig was. Als je je vooroverboog, keek je recht de diepte in. Ik huiverde bij de gedachte dat ik te ver voorover zou buigen.

Behoedzaam, stap voor stap, liep ik, met mijn rechterhand op de borstwering, verder.

Toen ik halverwege de koorlantaarn was, hoorde ik de geluiden van de overkant. Ze passeerden de ronding boven het hoogkoor, en ik hoorde een stem iets zeggen. Op een gedempte toon, waar woede in doorklonk. Ik had geen idee waar de stemmen heen wilden. Het triforium hield, na de hele kerk te zijn doorgegaan, uiteindelijk ergens schuin boven de speeltafel van het orgel op. Ze waren op een doodlopende weg. Wie het ook waren, daar aan de overkant, ik zou hen tegenkomen.

Ik was bijna ter hoogte van het hoogkoor aangekomen en keek over de rand naar beneden. Posthumus kon er nog niet zijn, maar ik moest het weten als hij er was, zodat ik hem over mijn positie kon inlichten.

Op het meest oostelijke punt stond ik stil. Onder me, hoog aan de muur, wist ik, hing het grote vierkant dat het hemelse Jeruzalem voorstelde. Vierkant, symmetrisch, alles even lang en hoog als breed. Volmaakt.

Volmaakt was even niet aan de orde. Gevaar is niet symmetrisch. Gevaar is grillig, dreigend, en ik was erin verdwaald, al kon ik op het triforium ook maar twee kanten op: verder of terug. Aan de derde mogelijkheid durfde ik niet te denken.

Ik zette me weer in beweging en volgde de ronding van het smalle pad.

20

Beneden was nog steeds niemand te zien. Ik overwoog om nog een keer te bellen, om door te geven waar ik precies zat. Maar voor me uit was het stil geworden. Ik wist niet wat daar gebeurde, en hoe ver ze bij me vandaan waren. Ze zouden me kunnen horen. Nog behoedzamer dan eerst sloop ik voorwaarts.

Aan het eind van de bocht stond ik stil. Van dichtbij klonken geluiden die ik niet direct kon plaatsen. Geschuifel, en een bonk, alsof er iets op een houten vloer viel. Ik was even in verwarring. Dat kon niet op het triforium zijn.

Ik dacht na, terwijl ik weer over de borstwering naar beneden keek. Niemand.

Opeens wist ik het. Vlak voorbij de bocht was een nis met een klein deurtje. Daar had ik, die doodenkele keer dat ik er was geweest, wel eens achter gekeken. Het deurtje gaf toegang tot de ruimte boven de gewelven van de kooromgang, een ruimte met een houten vloer. Daar waren ze dus.

Ik schoof met centimeters tegelijk naar voren, totdat ik om de hoek kon kijken. Het triforium was leeg, voor zover ik kon zien, maar dichtbij zag ik het schijnsel van een flakkerend licht. Het kwam van links, vanachter het openstaande deurtje. Kaarslicht, leek het. De geluiden weerklonken nog steeds. Weer die vrouwenstem. Onverstaanbaar gesmoord. En een woedende, grommende stem, die ik nu goed kon verstaan.

'Hij was van mij, slet. Je had van hem af moeten blijven.'

Het was niet Johan de Vlieger, rode knop of niet. Ik herkende de stem onmiddellijk. Het was Raymond Bloem! Hij had de rode knop van Johan de Vlieger per abuis verschoven. Of expres, want hij had er zelf geen. Raymond Bloem, verdraaid nog aan toe.

'Je had met je hoerige poten van hem af moeten blijven, zeg ik. Je bent verdomme getrouwd! Heb je daar nog niet genoeg aan? Lig stil!' Het kletsende geluid van een klap in iemands gezicht klonk door de ruimte, en ik kromp in elkaar.

Was het Maria? Ik had haar stem nog niet herkend, maar in gedachten zag ik Raymond achter haar aanlopen, bij de bushalte vandaan. Ze had van hem af moeten blijven. Van wie, van Vincent?

Een voor een vielen de puzzelstukjes op hun plaats. Als zij het was tenminste, daar achter dat deurtje. Ik vond steeds meer antwoorden. Alleen wist ik niet waarom Maria naar de kerk was gekomen. En hoe Raymond het voor elkaar had gekregen om haar mee naar boven te krijgen, wist ik ook niet.

Daar stond ik dan. Geen vechtersbaas en niet bestand tegen razernij. Toch deed ik een stap naar voren. Ik wist niet wat ik moest doen, maar teruggaan was geen optie. Ik naderde het deurtje tot op een halve meter, en toen hield ik het niet meer. Ik maakte de laatste stap en keek om de hoek van de nis. Op de houten vloer, verlicht door een brandende kaars die met kaarsvet op een van de planken was vastgemaakt, lag iemand. Het was zoals ik had gevreesd: in één oogopslag zag ik dat het Maria was. Ze lag op haar zij en haar mond was afgeplakt met brede, grijze tape. Naast haar stond iemand over haar heen gebogen. Iemand die bezig was om haar voeten bij elkaar te binden, grommend en scheldend, soms half huilend: Raymond Bloem.

Maria lag met dichtgeknepen ogen op de grond, haar mond was vertrokken van angst. Ze bewoog zich niet. Haar haar lag slordig om haar hoofd, vlak bij de kaars. Het was een bizar beeld, afkomstig uit een dramatische B-film. De ruimte waarin ze lag, strekte zich verder naar twee kanten uit, maar het kaarslicht reikte niet tot in de uiterste hoeken. De houten zoldering liep schuin omlaag naar achteren, zodat je daar al snel niet meer rechtop kon staan.

Raymond richtte zich op, en ik trok haastig mijn hoofd terug. Ik stond met mijn rug tegen de muur en keek tussen de zuiltjes door naar de overkant. Mijn hart klopte in mijn keel en ik moest me inspannen om niet over mijn hele lijf te gaan trillen.

Ontspan, zei ik tegen mezelf. Zorg dat je jezelf onder controle krijgt. Maak dat je wegkomt, dacht ik ook. Raymond is in een gewelddadige bui, en niet voor het eerst. Ga naar beneden en wacht op de politie. Laat hen het opknappen.

Ik dacht aan Maria, naast de kaars op de vloer, haar ogen gesloten, en ik schudde mijn hoofd. Ik ging niet terug.

Ik keek weer de hoek om. Bloem had geen oog voor de deuropening. Maria had haar ogen opengesperd en keek angstig naar hem op. Geen spoor van onaantastbaarheid, geen zelfverzekerdheid te bekennen.

'Dit is alles wat ik nog van hem heb,' zei hij hijgend. Hij haalde een half opgerold, half gevouwen pakje papier tevoorschijn uit de binnenzak van zijn openhangende jack. 'En jij weet wat het is.'

Ze schudde haar hoofd.

'Lieg niet! Natuurlijk weet je het. Hij vertelde jou toch alles? Als jullie je geheime gesprekjes stonden te voeren? Toen je hem probeerde te verleiden met je maniertjes? Met die weerzinwekkende vrouwenmaniertjes van je? Toen je hem probeerde te beheksen?'

Beheksen, daar had je het. Of iemand beheksen onderdeel was van witte magie, wist ik niet, maar Raymond misschien wel. Of misschien was het alleen maar bij wijze van spreken.

Maria reageerde niet meer, maar het was duidelijk waar Raymond het over had. Ik had me weer even teruggetrokken en staarde naar de duistere overkant.

Vincent en Maria. Ze had hem afgepakt, zei Raymond. Dat was toch onzin? Vincent was niet van Raymond, ik kon me daar niets bij voorstellen.

Maar wat had ik nou helemaal van Vincents leven af geweten? Wat voor onbekende kanten had hij gehad? Kende hij Raymond van de darkrooms in Amsterdam? Ik wist daar niets van.

'Hij maakte me razend,' hoorde ik Raymond zeggen, en ik keek weer om de hoek. 'Hij vertelde me zelf over jullie, en hij lachte me uit als ik er wat van zei. Hij zei dat dat tussen hem en mij niets voorstelde. En dat terwijl ik hem heb geholpen de vondst van zijn leven te doen.'

Weer viel er een puzzelstukje op zijn plek. Hij had het over het Sweelinckmanuscript. Hier had ik het antwoord op de vraag met wie Vincent samen was geweest toen hij de onderste trede van het trapje naar het sacramentshuis had opengehakt.

'Een muziekstuk,' zei hij. 'Meer niet.' Hij hield het pakje papier boven zijn hoofd.

Ik keek ademloos toe. Daar was het dan, het verdwenen, maar toch weer hervonden motet. Deze plek en deze omstandigheden had ik zo ongeveer als laatste verwacht. Wat ging Raymond ermee doen?

Ik liet al mijn behoedzaamheid varen en deed een stap naar voren.

Dat was niet verstandig. Of misschien juist wel, achteraf gezien. Want op dat moment keek Maria in de richting van de deur en zag me. Ze tilde haar hoofd op en haar ogen werden groot van verbazing. En dat zag Raymond.

Hij draaide zich bliksemsnel naar me om. Ik verstarde. Hij had totaal niet op mijn komst gerekend, dat zag ik, maar hij herstelde zich snel. Hij dook in elkaar en deed een greep in zijn jaszak. Het lemmet van het mes dat hij tevoorschijn haalde, flitste in het kaarslicht. Hij hield het zwijgend voor zich uit, en lette niet op zijn andere hand. Het papieren bundeltje hing dicht boven de kaarsvlam. Te dicht. Zonder dat hij het in de gaten had, vatte het vlam. Een vlam die zich razendsnel een weg vrat door het eeuwenoude papier. Toen de vlammen zijn hand hadden bereikt, liet hij van schrik het manuscript vallen. Zijn aandacht was afgeleid, maar ik had niet het benul om daar gebruik van te maken. Verbijsterd keek ik toe hoe in een paar seconden het net ontdekte motet van Sweelinck in een hoopje onleesbare as veranderde.

Raymond Bloem had alleen nog maar oog voor mij, en terwijl hij met zijn mes naar mijn buik wees, kwam hij op me af. Zijn ogen waren onnatuurlijk groot, en ik vermoedde dat hij drugs had gebruikt. Hij was totaal van de wereld en levensgevaarlijk.

Ik deinsde achteruit. Hij waagde een uitval naar mijn linkerflank. Ik reageerde door me naar rechts te bewegen, en daarna vluchtte ik naar achteren, het triforium op. Hij kwam direct achter me aan en dwong me verder achteruit. Niet in de richting van de trap naar beneden, maar de andere kant op. Ik bedwong de neiging om me om te draaien en als een gek bij hem vandaan te rennen. In de eerste plaats omdat ik hem in het oog moest houden en hem niet mijn rug moest toekeren. En ten tweede was wegrennen zinloos. Ik zou niet aan hem kunnen ontkomen, omdat het triforium bij het orgel doodliep. Dus schuifelde ik voorzichtig achterwaarts en lette nauwkeurig op elke beweging die hij maakte. Nadenken deed ik niet meer. Alles wat ik deed, elke beweging die ik maakte, was instinctief. Gericht op overleven.

'Jij houdt mij dus in de gaten,' zei hij.

Zijn stem maakte dat mijn verstand weer ging werken. Ik maakte een kalmerend gebaar.

'Luister, Raymond,' zei ik. 'Wat je nu doet is helemaal niet verstandig. Je maakt de problemen alleen maar groter.'

De boodschap kwam absoluut niet aan, en dat had ik ook niet verwacht. Ik wilde alleen maar horen hoe vast en rustig mijn stem was. Dat was een teleurstelling. Het beverige kreeg ik niet weg, en ik moest twee keer per zin mijn keel schrapen.

'Dus jij sluipt achter me aan, stiekeme klootzak.' Zijn mes maakte opnieuw een beweging naar voren en ik deinsde verder terug. Ik wierp een snelle blik over de borstwering. Nog steeds niemand.

'Ik wil alleen maar weten wat dit allemaal te betekenen heeft,' zei ik. 'En wat je met Maria van plan bent.'

'Die hoer heeft hem van me afgepakt.'

'Wie bedoel je? Vincent?'

'Hij was van mij, en ik van hem.'

'Bedoel je...'

'Die slet kon gewoon niet hebben dat hij homo was. Ze palmde hem helemaal in.'

'Raymond, denk nou eens na.' Als ik kon nadenken, kon hij het ook, dacht ik. 'Ze kunnen toch gewoon goede vrienden zijn geweest?'

Hij gromde minachtend. 'Ze hebben gezoend.'

'Weet je dat zeker?'

Even was er iets van twijfel in zijn ogen. 'Dat heeft Vincent me gezegd,' zei hij.

Ik keek even over mijn schouder. We waren nu vlak bij de hoek van het zuidertransept. Daarna liep de gang door naar de grote gebrandschilderde ramen met de vier evangelisten.

Dus Maria en Vincent hadden gezoend. Tot mijn verbazing merkte ik dat het me bijna boos maakte. Zoenen met Maria, toe nou zeg. Je bent homo of je bent het niet.

Ik deed nog een paar stappen achteruit en ging de hoek om. Hij volgde me, vastbesloten.

'Wat heb je met hem gedaan Raymond?' vroeg ik. 'Met Vincent?' Het was een schot in de lucht, maar ik raakte hem. Ik hoorde hem plotseling snikken. Wat hem er niet van weerhield om met zijn mes opnieuw een beweging in mijn richting te maken.

'Hij lachte me uit,' zei hij huilerig. 'Ik zei dat ik van hem hield, en hij lachte me uit. Hij zei dat ik mezelf maar wat had wijsgemaakt. "Maak jezelf niets wijs, Raymondje," zei hij. Zo minachtend.' Ik hoorde hoe woede en genegenheid met elkaar om voorrang streden. Hij veegde met de rug van zijn linkerhand de tranen uit zijn ogen.

'Waar was dat?' vroeg ik. 'Wanneer?'

'Een keer, beneden. Hij was opeens zo gemeen, die lieve jongen. Ik zei dat ik hem toch had geholpen, en toen wapperde hij met dat stomme muziekstuk voor mijn ogen. "Dit draag ik bij me," zei hij. "Tot het moment dat ik het aan iedereen kan laten zien." Hij zei dat hij me daar niet bij nodig had.'

'En toen?' Ik was dichtbij, dichterbij dan ooit.

Hij antwoordde niet, en de blik in zijn ogen werd leeg. Alsof hij naar iets keek dat behalve hijzelf niemand kon zien.

'Raymond?'

'Hij duwde me van zich af. "Maar ik hou van je," zei ik. Hij begon alleen maar harder te lachen. Hij zei dat ik een zielig mannetje was.'

Zo leuk en zo sympathiek was Vincent dus niet altijd geweest.

'En vervolgens heb je hem vermoord,' zei ik, en de verschrikkelijke lading van dat ene zinnetje ontplofte recht in zijn gezicht.

'Ik...' Hij slikte een paar keer. 'Ik wilde het niet.'

'Wat niet, Raymond?'

'Ik wilde hem alleen maar vasthouden, meer niet. Ik wilde dat hij mij vasthield. Maar in plaats daarvan vochten we. Hij rukte zich van me los.' Hij knipperde met zijn ogen. 'En toen viel hij.'

'Viel hij? Op de grond?'

Hij hapte naar adem. 'Tegen het hek,' zei hij. Hij ging wat rechterop staan, en met een toonloze stem, opeens zonder emotie, vertelde hij wat er gebeurd was.

'Hij rukte zich los, en toen struikelde hij. Hij kwam met zijn achterhoofd tegen de punten van het hek en hij viel. Bloed in zijn mooie, zachte haar. Ik wilde hem overeind helpen. Ik nam hem in mijn armen, riep zijn naam, telkens weer.'

En ik was boven geweest. Ik was op het dak en ik had niets doorgehad. Een stom ongeluk was het geweest.

'Maar ik heb hem mooi neergelegd,' zei hij. 'Vind je niet? Jij hebt hem gevonden, toch?'

'Ik heb hem gevonden, ja,' zei ik. 'Ik heb gezien hoe je hem hebt neergelegd. Waarom heb je dat gedaan?'

'Dat begrijp je toch wel? Ik hield van hem. Het was mijn eerbetoon aan hem.' Hij was opvallend kalm geworden.

Ik gaf geen antwoord.

'En nu jullie,' zei hij. Het waanzinnige in zijn ogen was verdwenen en had plaatsgemaakt voor berekening. 'Die slet sluit ik op. Tot ze crepeert. Niemand weet waar ze is.'

'Doe niet zo stom, Raymond,' zei ik. Ik zag dat hij meende wat hij zei. 'Daar krijg je hem niet mee terug.'

'Niemand weet het,' herhaalde hij. 'Behalve jij, jij weet het.' Hij keek me strak aan. 'Zolang je nog leeft.'

Ik stootte met mijn hak tegen de eerste van de drie traptreden naar het houten looppad dat voor de gebrandschilderde ramen langs liep. Ik nam de treden een voor een, elke keer voelend met mijn hakken, en toen stond ik letterlijk met mijn rug tegen de muur, de buitenmuur van het zuidertransept. Het looppad was links van me. Het was de enige kant die ik uit kon, maar dat wilde ik niet. Ik had nooit last gehad van hoogtevrees, maar tussen het looppad en de diepte was geen borstwering, alleen maar een ijzeren reling, op heuphoogte. Als ik rustig en op mijn gemak kon lopen, zou ik er waarschijnlijk geen probleem mee hebben, maar nu was alles anders. Het zweet stond in mijn handen en mijn knieën trilden van de spanning. En ik zou ook nog achterwaarts moeten lopen. Omdat ik anders niet kon zien wat Raymond deed.

Ik wilde niet voor de ramen langs, maar ik moest wel. Hij dwong me ertoe. Ik zou kunnen proberen om in de aanval te gaan. Ik zou zijn mes moeten afpakken, maar hij liet me niet dichterbij komen, en met vechten had ik geen enkele ervaring. Met mijn linkerhand greep ik de ijzeren reling vast, en voetje voor voetje schuifelde ik achteruit. Hij volgde me, nog steeds met zijn mes voor zich uit.

'Eerst jij dan maar,' zei hij. 'Ja, je hebt gewoon pech gehad.' Zijn stem klonk bijna verontschuldigend. 'Je was twee keer per ongeluk op de verkeerde plek, en je kon het niet laten om je met mij te bemoeien. Jammer voor je, niks aan te doen.'

Ik keek naar zijn bleke gezicht, naar zijn starende blik. Het afgezaagde beeld van het hulpeloze konijn dat gebiologeerd in de ogen van de slang staarde, was hier helemaal van toepassing. En ik was het konijn.

'Niet doen, Raymond,' zei ik. 'Alsjeblieft.' Dit was geen film, dit was werkelijkheid. Ik was niet de stoere held met wie iedereen rekening diende te houden. Smeken was het enige wat me restte. Omdat ik niet dood wilde. Omdat ik de diepte niet in wilde. Omdat – volslagen absurd, maar het schoot door mijn hoofd – we twee dagen later een concert hadden. Op het hoogkoor, met mijn beide voeten op de grond. De veiligste plek ter wereld.

Ik schoof langs de middelste stijl van het raam, langs de grote rode bloeddruppels van Christus die van het kruis vielen. Raymond volgde.

Op dat moment klonk van beneden het geluid van een dichtvallende deur, en even later dat van haastige voetstappen. Er was iemand de kerk binnengekomen.

Wanhopig probeerde ik me te herinneren of ik de deur naar de trap had opengelaten. Ik schudde mijn hoofd om de mist die opeens opgekomen was, te verdrijven. Het deurtje naar het triforium had ik niet dichtgetrokken, omdat ik geen geluid wilde maken. De benedendeur mocht ik natuurlijk niet dichtdoen. Ik wist het niet meer.

Ik veegde mijn handpalm aan mijn broek af en greep de reling weer vast. Raymond had hetzelfde gehoord als ik. Hij wierp, net als ik, een snelle blik in de diepte, maar in de ruimte rond de preekstoel, onder het orgel en bij de doopvont, was niemand te bekennen. Ik hoorde de voetstappen de andere kant opgaan, in de richting van het hoogkoor. Ik had toch gezegd dat ik naar boven ging? Of niet?

'Dat is de politie, Raymond,' zei ik. 'Ze zijn je op het spoor.'

'Kan niet.' Hij schudde zijn hoofd. 'Die kunnen niet naar binnen.'

'Wel als iemand de deur niet in het slot laat vallen.'

Zijn ogen vernauwden zich toen tot hem doordrong wat ik daarmee bedoelde. Dat ik dat gedaan had.

'Je bent een bemoeial,' zei hij. 'Een vervelende bemoeial.'

'Je kunt niet ontsnappen,' zei ik. Nu moest ik aan het woord blijven. Hem bezig houden totdat Posthumus wist waar ik was. 'Je kunt maar één kant op, als je hier uit wilt komen. Ze weten wat je gedaan hebt.'

'Kan niet.'

‘Je moet uitleggen wat er is gebeurd. Maak het niet nog erger. Zeg dat het een ongeluk was. Zal ik ze roepen?’

Hij deed zijn uitval zo snel, dat ik een fractie van een seconde te laat reageerde. Ik draaide me halfslachtig van hem af, naar de ramen toe, maar kon niet voorkomen dat hij me raakte, linksboven in mijn borst, net onder mijn oksel. Het mes was vlijmscherp, en het duurde even, maar toen schoot de pijn door me heen. Ik had geen tijd om te kijken hoe de wond eruitzag, want direct na de eerste aanval volgde de tweede. Ik bewoog mijn bovenlichaam naar achteren en het mes miste doel. Raymond raakte uit balans. Hij viel half voorover, en ik graaide naar zijn hand met het mes. Hij trok zich nog net op tijd terug, terwijl hij op één knie zat. Zijn mes was nog steeds aanvalsklaar.

‘Hou er verdomme mee op, Raymond,’ zei ik, hijgend van de pijn.

‘Ik maak jullie dood,’ zei hij schor. Hij was alle gevoel voor rede verloren. ‘Ik maak jullie dood, allebei.’

Ik moest hem uit zijn concentratie zien te halen. Van alles verzinnen om hem na te laten denken, maar er schoot me niets anders te binnen dan te zeggen dat hij dat niet moest doen, ons doodmaken.

Toen, op het moment dat hij weer ging staan, zag ik achter hem een beweging in de schaduw van het poortje van het triforium. Daar was Posthumus. Had ik dus toch de deur naar de trap opengelaten. Veel sneller dan ik had gedacht was hij naar boven gekomen en met een noodgang het hele triforium doorgerend.

Raymond moet de opluchting in mijn ogen hebben gezien, want terwijl hij nog niet helemaal overeind stond, draaide hij zich om. Eigenlijk steunde hij op dat moment op maar één been. Dat was roekeloos van hem. Zijn voet schoot van het plankier af. Hij wankelde even, en viel toen met een verschrikte kreet onder de reling door. Ik hoorde het mes op de stenen vloer kletteren.

Ik kneep mijn ogen dicht. Ik wilde niet zien hoe hij omlaag viel, de donkere kerk in.

21

Ik hoorde een schreeuw, en het duurde even voor ik doorhad dat die uit mijzelf kwam. Het geluid van een lichaam dat op de stenen smakte bleef uit. Ik deed mijn ogen open en zag de vingertoppen van Raymond Bloem, die zich om de stenen rand klemden. Daaronder zag ik zijn gezicht. Alle woede was eruit verdwenen. Er was alleen verbazing, met een spoor van angst. Hij keek me aan, en het leek wel of hij niet kon besluiten of hij om hulp moest vragen of niet.

In een reflex liet ik me op mijn knieën zakken, en in dezelfde beweging greep ik zijn pols. Met mijn rechterhand. Mijn linkerarm sloeg ik om de staander halverwege de reling. De pijn was hevig, en ik slaakte een kreet. Ik kon die hand niet gebruiken om hem omhoog te trekken. Ik klemde mijn tanden op elkaar en hield vol.

Ik hoorde voetstappen op het houten looppad, en er knielde iemand naast me neer: adjudant Posthumus.

'Pak zijn andere hand,' zei ik verbeten, terwijl ik kort opkeek.

Het was Posthumus niet, het was Maria. Op de een of andere manier had ze zich los weten te maken. Ik had Raymond gestoord bij zijn bezigheden, en hij was nog niet klaar geweest met het vastknopen van het touw. Ze had de tape van haar mond getrokken, maar zei niets. Ze greep alleen de linkerpols van Raymond beet.

'Laat me los.'

Ik dacht dat ik het niet goed had verstaan en ik schudde mijn hoofd.

'Wat zeg je, Raymond?'

'Laat me los.' Zijn stem klonk zacht en toonloos. Ik schudde weer mijn hoofd.

'Niet loslaten,' zei ik tegen Maria.

'Oké,' hoorde ik haar zeggen, terwijl ik Raymond aankeek.

Ik liet hem niet los, onder geen voorwaarde, zolang ik nog de kracht had om hem vast te houden. Hij wilde eruit stappen, maar als ik dat kon verhinderen, zou ik dat doen. Niet hier, dacht ik. Niet waar ik bij ben. Dat doet hij verdomme maar ergens anders, dacht ik. Als hij uit de bak kwam. Bruggen zat, dacht ik. Maar hier en nu zou ik het niet laten gebeuren. Interval, dacht ik ook, vreemd genoeg. Het raadsel van Vincent. De afstand tussen struikelen en neerkomen was meer dan vijftien meter.

Ik was op mijn buik gaan liggen en klemde mijn voet in de decimeter ruimte tussen het plankier en het gebrandschilderde raam.

'We moeten hem omhoog zien te krijgen,' hijgde ik. 'Trekken.'

Maar we hadden niet genoeg ruimte en we moesten het met enkel de kracht van onze armen doen, en ik had nog net voldoende kracht om Raymond, die als een dood gewicht aan onze armen hing, niet te laten vallen.

'Laat me los,' zei hij nog eens, zonder ons aan te kijken.

'Ik denk er niet aan,' gromde ik. 'We hijsen je op.'

Grootspraak. Daar hadden we helemaal de kracht niet voor.

'Hoe kom ik daar?' hoorde ik plotseling iemand roepen. Ik keek langs het gezicht van Raymond omlaag en zag adjudant Posthumus bij de doopvont staan. Hij keek verbijsterd omhoog, zijn gezicht bleek oplichtend.

'Achter u!' riep ik. 'Dat deurtje naar de balgenkamer, u weet wel. Waar u naar het dak kunt. Dat is open!'

Veel bidden deed ik niet, maar op dat moment bad ik vurig dat het waar was. De sleutel zat namelijk in mijn zak en daar kon ik onmogelijk bij.

'Halverwege is links een deurtje, dat openstaat, en dan linksaf het triforium op! Snel, alsjeblieft!'

‘Ruud!’ riep hij. Zijn maat DeBildt natuurlijk. Hij draaide zich om en rende naar de kooromgang aan de overkant.

Intussen probeerde Maria achteruit te kruipen, en Raymond mee te trekken. Maar er kwam nauwelijks beweging in, omdat ik niet kon meewerken. Ik moest mijn arm om de staander klemmen om te voorkomen dat Raymond me mee zou sleuren.

‘Hou je ergens aan vast,’ zei ik hijgend tegen Maria. ‘Laat je niet meetrekken.’

Ze richtte zich half op en greep met één hand de reling. Met haar andere hand had ze nog steeds Raymonds pols vast, maar ik wist niet hoe lang ze dat nog zou volhouden. Als mijn linkerarm het niet meer zou houden, moest ik hem loslaten. Geen andere optie.

Ik keek omlaag. Posthumus kwam niet terug, en de deur stond dus open.

Dank u wel, zei ik onhoorbaar.

Toen zocht ik Raymonds ogen. Hij had ze open, maar zag niets meer. Het bloed van mijn wond liep door mijn mouw omlaag en drupte op zijn voorhoofd. Ik sloot mijn ogen weer en concentreerde me maar op één ding: niet loslaten.

Maar ik moest steeds meer moeite doen om zijn pols vast te houden. Hij gleed millimeter voor millimeter uit mijn bezwete handpalm. Ik kon niets anders doen dan zo hard mogelijk knijpen en de pijn in mijn linkerhand negeren. Het duurde oneindig lang voor er hulp kwam. Te lang waarschijnlijk.

Maria zei niets. Ze keek onafgebroken omlaag en ik kon haar ogen niet zien. Ik wist niet of ze had gehoord wat Raymond had gezegd over wat er tussen hem en Vincent was gebeurd. Ik wist niet of ze wist dat Raymond Vincent had gedood, al dan niet per ongeluk. Maar als ze het wel had gehoord, was dat voor haar geen reden om niet vast te houden. Ze bewoog zich niet.

Raymonds pols gleed weg, net als de tijd die Posthumus nodig had om bij ons te komen Het duizelde me, en de zweetdruppels die van mijn voorhoofd en langs mijn wenkbrauwen liepen spatten uiteen op de stoffige stenen rand.

Vanuit mijn ooghoek zag ik het licht van een zaklamp, en toen was Posthumus er, direct gevolgd door zijn schaduw, DeBildt. Hij stapte over Maria heen en liet zich bliksemsnel op zijn knieën zakken. Zonder tijd te verspillen boog hij zich over de rand. Hij greep de pols van Raymond, zo ongeveer op het moment dat ik hem niet meer kon houden.

DeBildt nam naadloos de andere hand over van Maria, en samen trokken ze Raymond omhoog, tot hij als een vis op het droge op het looppad naar adem lag te happen.

Terwijl ik op mijn buik bleef liggen, haakte ik voorzichtig mijn arm los van de staander. Het enige wat ik voorlopig kon doen, was mijn hoofd optillen. Ik zag dat Raymond zich los begon te worstelen.

'Rustig, rustig!' zei Posthumus. 'U bent veilig.'

Ik wilde zeggen dat hij de dader van de moord te pakken had. Dat hij niet per ongeluk onder de reling was doorgeschoten. Dat hij ons met de dood had bedreigd. Dat ze niet beleefd tegen hem hoefden te doen. Maar het enige geluid dat ik voortbracht was een schor gefluister.

Terwijl Posthumus en DeBildt – DeBildt achterwaarts – Raymond met zich meesleepten naar de hoek van het triforium, keek ik Maria aan. Ik zag de verwarring in haar ogen, waaraan ik kon zien dat ze in de verste verte niet snapte wat er allemaal was gebeurd. Waar ik plotseling vandaan was gekomen, bijvoorbeeld. Om van Posthumus en DeBildt nog maar te zwijgen.

'Achteruit,' zei ik. 'Ik wil hier weg.'

Ik dwong mezelf om niet omlaag te kijken, omdat ik ter plekke door hoogtevrees werd bevangen. Ik wilde veilig beneden zijn en dan nooit meer naar boven.

We gingen staan, maar dat ging voor mij te snel. De kerk draaide om me heen en ik kreeg hem niet meer op zijn plek. Steeds sneller tolde alles rond. Ik moest mijn ogen dichtdoen en tastte wanhopig naar de reling. Twee keer greep ik mis, en toen had ik hem.

'Wat is er?' hoorde ik Maria verschrikt zeggen. 'Word je niet goed?'

Niet goed, dat was nog zacht uitgedrukt. Ik schudde mijn hoofd en bleef staan waar ik stond, zonder dat ik mijn ogen open durfde te doen. Ik voelde dat ze mijn rechterhand greep, en voetje voor voetje, terwijl ik met mijn linkerhand nog steeds de reling vasthield, schuifelde ik achter haar aan naar het veilige poortje van het triforium. Daar liet ik me maar weer eens op mijn knieën zakken.

'Zeg tegen Posthumus dat ze hem niet moeten laten gaan.' Dat Posthumus zelf Raymond al als verdachte op het oog had, was ik helemaal vergeten. 'Zeg wat hij heeft gedaan.'

'Met mij, bedoel je?'

Ik opende voorzichtig mijn ogen, en ik zag dat de kerk weer stond waar hij staan moest. Ik keek omhoog, naar haar gezicht. Ze wist het niet. Ze had het niet gehoord.

'Met Vincent,' zei ik, terwijl ik me misselijk voelde worden. 'Wat hij met Vincent heeft gedaan.'

Haar ogen werden haast onnatuurlijk groot, toen de boodschap langzaam tot haar doordrong.

'Ga dan. Ik kom er zo aan.' Als ik erin zou slagen overeind te komen. Als ik niet nog een keer duizelig werd. Als ik het zou halen, de overkant. Ik tastte naar de wond in mijn borst. Mijn trui was nat van het bloed. 'Hij heeft het zelf tegen me gezegd. Hij heeft het gedaan.'

Ze draaide zich zonder iets te zeggen om en, met haar rechterhand de muur aftastend, ging ze achter de anderen aan.

'Wacht!' hoorde ik haar roepen. 'Wacht op mij!'

Ze waren al een eindje op weg, de eerste hoek om, en ze verwachtten waarschijnlijk dat we direct achter hen aan kwamen. Het geluid van Maria's voetstappen stierf weg, en daar zat ik. Nog steeds op mijn knieën, mijn rechterhand op de wond in mijn borst. Mijn hart zat links, dat wist ik in elk geval nog, en de wond was daar niet zo ver vandaan. Maar als mijn hart zou zijn geraakt, zat ik hier niet meer. Dan lag ik levenloos op het houten looppad, voor het bloed van Christus. Dat was alvast een geruststelling.

Ik moest opstaan, het triforium door, achter het hoogkoor

langs, aan de overkant weer terug, en vervolgens de trappen af, naar de veilige kerkvloer. Dat was ongeveer even ver als naar de andere kant van de wereld, maar het was de enige beschikbare route. Ik schuifelde naar de hoek van het transept, met mijn hand afwisselend steunend tegen de muur en voelend aan mijn borst. Duizelig was ik op dat moment niet, en ik dacht dat ik het wel zou halen, als ik maar rustig aan deed. Gewoon eerst een stap, en dan weer een, om en om, geen kunst aan. Maar bij vlagen werd het mistig voor mijn ogen, en ik had alle steun van de muur nodig. Ik klemde mijn linkerbovenarm tegen me aan. Een stap links, en een stap rechts, ik telde ze hardop mee. Zo kwamen we er wel. Voor me uit was de bocht boven het hoogkoor. Daar eerst maar eens heen. Een kilometer ongeveer, meer niet.

Links van me, aan de overkant, hoorde ik stemmen. Posthumus was met zijn gevolg op de terugweg, alweer halverwege de trap, schatte ik. Ik overwoog even om te roepen. Om te zeggen dat het helemaal niet goed met me ging. Maar ik had al mijn energie nodig om overeind te blijven en vervolgens door te lopen.

Toen tastte mijn rechterhand opeens in de leegte en ik viel bijna om.

'Ho,' zei ik, bij wijze van reactie. Ik was bij het deurtje aangekomen, waar ik Raymond en Maria had gezien. Het stond nog open. De kaars was uit en het was er aardedonker. De flarden van Sweelincks motet moesten daar ergens liggen, maar ze interesseerden me niet meer. Niet belangrijk, Sweelinck. De trap naar de overkant halen, daar ging het om.

De schemering in de kerk werd afgewisseld met pikzwarte duisternis, steeds weer. Ik knipperde met mijn ogen, maar het hield niet op. Mijn knieën voelden aan alsof ik op het dek van een kustvaarder stond bij windkracht negen, en ik moest met beide handen steunen, één hand tegen de muur, en één tegen de borstwering.

Even gaan zitten, dat kon best. Even wachten tot het weer ging. Rug tegen de muur, ogen even dicht, en gewoon weer krachten verzamelen. De stemmen van de anderen hoorde ik niet meer. Als ze er nog waren, werden ze overstemd door het geluid van op het strand brekende golven.

Ah, de zee. Die was er altijd. Daar voelde ik me altijd gelukkig. Even gaan liggen, naar de golven luisteren, lekker.

Ik strekte me uit op de stenen vloer en tastte naar de wond. Alles daar in de buurt was nat en kleverig. Straks even schoonmaken.

De schemering werd weer pikzwart, en deze keer bleef dat zo.

22

De eerste persoon die ik zag toen ik mijn ogen opendeed, herkende ik niet. Ze was in het wit gekleed en keek op me neer toen ze naast mijn bed stond.

Mijn bed?

'Ah, u bent wakker,' zei ze. 'Hoe voelt u zich?'

Ik wist niet hoe ik me voelde. Ik had nog geen tijd gehad om daarover na te denken. Ik moest eerst begrijpen wat er was gebeurd. Waar ik was en waarom. Gewoon vragen, dacht ik.

'Waar ben ik?' vroeg ik.

'In het Diaconessenhuis,' zei ze. 'Ik ben Nelleke.'

Nelleke. Ik knipperde met mijn ogen en keek haar aan. Ik had niet echt gedacht dat ik in de hemel was, maar ze zag eruit als een engel. Ze was prachtig. Lichtblond haar, bruine ogen. Ze zei dat ik gewond was en dat ik vooral rustig moest blijven liggen. Dat ze blij was dat ik weer bij kennis was en dat ze een dokter zou laten komen. En ze vroeg of ik iets wilde drinken; water, of misschien thee. Mijn mond was kurkdroog, en ik knikte. Dat was zo'n beetje de enige beweging die ik kon maken. Ze had me niet hoeven waarschuwen. Ik was nauwelijks in staat om zelfs maar een vinger te bewegen.

Ik keek haar na, toen ze naar de deur liep. Geen engel, maar gewoon Nelleke, van het Diakonessenhuis, die thee voor me ging halen.

In het ziekenhuis, dacht ik. Gewond en wel. Ik bewoog mijn hoofd voorzichtig naar links en naar rechts, en zag dat ik in een eenpersoonskamer lag. Boven me waren de rechthoekige platen van het plafond. Wit, met zilverkleurige, metalen strips eromheen. Er hing een tv-toestel. Naast me stond een standaard met een infuuszakje eraan. Druppel voor druppel werd een kleurloze vloeistof mijn lijf ingestuurd. Ik wist niet wat de vloeistof bevatte, maar het zou wel goed zijn.

Ik sloot mijn ogen. Langzaam, beetje bij beetje, kwamen de beelden terug. Ik zag de diepte van de donkere kerk weer voor me. Ik zag de ogen van Raymond Bloem, met berusting als enige emotie, en ik huiverde. Ik hoorde weer hoe hij me vroeg hem los te laten. Ik zag dat ik hem bleef vasthouden, en in een flits vroeg ik me af of ik het had volgehouden. Het zweet brak me uit, en ik maakte een onverwachte beweging, waardoor ik ineenkromp van de pijn. Was hij gevallen? Lieve god, nee. Alsjeblieft niet.

Maar toen kwamen de gezichten van Posthumus en DeBildt naar voren, en werd Raymond omhooggetrokken.

Ik zag Maria. Haar gebogen hoofd, terwijl ze de andere pols van Raymond vasthield. Haar gezicht op het moment dat ze me aankeek, en ik voelde haar hand toen ze me naar het veilige triforium leidde. Als zij er niet was geweest, zou ik het niet hebben gered. Waar zou ze zijn? En waar was Raymond?

Van achter de deur drongen vaag geluiden door. Ik hoorde stemmen die ik niet kon verstaan. Iemand lachte vrolijk, een ander deed mee. Buiten kwam een ambulance aanrijden. Het geluid van de sirene weerkaatste tegen de muren. Ik had nog nooit in een ziekenhuis gelegen, maar ik begreep dat dit dagelijkse kost was op deze plek. Een wereld in een wereld. Een wereld waarin mensen herstelden, waarin anderen het niet haalden en doodgingen. Ik soesde maar een beetje voor me uit, zonder dat ik het idee had dat dat doodgaan voor mij gold. Niet meer. Dat zou Nelleke dan toch wel even gezegd hebben.

Ik keek omhoog naar het infuus. Met mijn ogen volgde ik het slangetje tot aan de naald die in de rug van mijn hand stak, met een pleister eroverheen. Wat mankeerde me precies, behalve de steekwond in mijn borst?

Er kwam een tamelijk jonge man binnen die zich voorstelde als dokter Greidanus.

'Hoe gaat het met u, meneer Storm?' vroeg hij, terwijl hij me een hand gaf.

Ik beantwoordde zijn handdruk met moeite, en zei automatisch: 'Goed.' Wat ik herstelde door te zeggen: 'Ik bedoel slecht, natuurlijk.'

Hij glimlachte. 'U hebt geluk gehad,' zei hij. 'Een klein stukje naar links en u had het niet overleefd.'

De boodschap kwam onverwacht hard aan. Voor angst had ik nauwelijks tijd gehad, maar nu had ik tijd te over. Ik kreeg kippenvel over mijn hele lichaam. Een klein stukje? Hoe ver was ik bij de dood vandaan geweest? Hoe snel kon het gaan?

Hij wees naar de zak van het infuus, schuin boven me. 'U krijgt voorlopig nog een pijnstiller toegediend,' zei hij.

Ik knikte. Pijnstillers, heel fijn.

'Er is iemand die u wil spreken. Ene meneer Posthumus, van de politie. Ik heb hem gezegd dat ik zou kijken of het kon. Kunt u dat aan?'

'Jawel,' zei ik. Als ik maar kon blijven liggen. Die goeie ouwe Posthumus kon ik wel hebben. Hij was me tenslotte op het nippertje te hulp gekomen. Daar kwam nog bij dat hij mij dingen wilde vragen, maar ik hem ook. Wat er precies was gebeurd, nadat ik was weggezakt. Hoe ik in het ziekenhuis terecht was gekomen. Dat stuk van het verhaal was in nevelen gehuld. Het enige wat ik voor me zag was het donkere triforium, waar ik rond schuifelde. Of ging zitten? Liggen? Ik was het kwijt.

En wat er met Raymond Bloem ging gebeuren, wilde ik ook weten.

Raymond Bloem. Ik merkte tot mijn verbazing, dat ik ondanks alles medelijden met hem had, al had hij me dan met de dood bedreigd, en me bijna naar de andere wereld geholpen. Hij was een treurige, eenzame figuur, die naar liefde had verlangd, maar alleen maar was uitgelachen. Hij had Vincent gedood, niet omdat hij dat wilde, maar in een vlaag van woede, terwijl hij van hem hield. Met die gedachte zou hij moeten leven en dat was afschuwelijk voor hem. Laat me los, had hij gezegd. Ik was blij dat ik het niet had gedaan.

De deur ging open, en Posthumus kwam binnen. Hij glimlachte naar me.

‘Nou, meneer Storm, hoe gaat het nu?’

Nog een die wilde weten hoe het met me ging. Ik produceerde een flauwe grijns.

‘Hebt u pijn?’

‘Alleen als ik ademhaal.’ Een grapje, zomaar. Al was het dan afgezaagd.

‘Ik heb een paar vragen voor u.’ Hij lachte niet. ‘Denkt u dat dat gaat lukken?’

Ik knikte, en om te beginnen vertelde hij wat Raymond had verklaard over wat er met Vincent was gebeurd.

‘Klopt allemaal,’ zei ik. ‘Dat heeft hij mij ook verteld.’

‘Over wat er eergisteren in de Domkerk is gebeurd, zei hij alleen maar heel onsamenhangende dingen. Ik kon er soms geen touw aan vastknopen. Dingen over wraak en een muziekstuk. Wat was dat allemaal?’

‘Eergisteren?’

‘U bent nogal een poosje buiten westen geweest, wist u dat niet? Door ernstig bloedverlies. Het is dat mevrouw Aldewereld teruggegaan is om te kijken waar u bleef.’

Maria dus. Dank je wel, Maria. Dat hadden we ook nooit gedacht, dat we elkaar nog eens het leven zouden redden. Binnen het uur nog wel.

‘Hoe is het met haar?’

‘Met haar is het prima, volgens mij.’ Hij keek me verbaasd aan. ‘Ze was in elk geval ongedeerd, in tegenstelling tot u trouwens. Dat had u wel eens mogen zeggen, dat u gewond was.’

Ik had andere dingen aan mijn hoofd gehad. Zorgen dat ik niet omlaag viel, bijvoorbeeld, en bovendien waren ze nogal snel terug naar de trap gegaan. Ik liet het er maar bij en vertelde zo beknopt mogelijk wat er was gebeurd. Dat van het motet van Sweelinck begreep Posthumus geloof ik niet helemaal. Dat kwam misschien nog wel een keer, als ik wat ruimer in mijn bewustzijn zat. Toen Posthumus merkte dat ik moe werd, stond hij op.

‘Genoeg voor nu,’ zei hij. ‘Bedankt.’ Nu glimlachte hij weer. ‘Dat u toch de held van het verhaal bent geworden,’ zei hij nog.

'Wie had dat gedacht?'

Ik niet, in elk geval, en zo voelde ik me ook helemaal niet. Ik keek hem na en liet de zwaarte en de vermoeidheid over me heen komen. Ik zag nog de schim van zuster Nelleke naar mijn bed komen. Maar toen ze dichterbij kwam, zag ik dat ze zwart haar had. Ze was het niet. Het was Maria. Ik spande me in om nog even bij de tijd te blijven. Ze schoof de stoel dichter bij het bed en ging zitten. We keken elkaar aan, zij nog net zo bezig met wat er gebeurd was als ik. Ze raakte mijn hand aan.

'Dank je wel,' zei ze.

Ik zei: 'Nee. Jij bedankt.'

Ze lachte even, en ik misschien ook wel, en het was goed zo. Ik gaf het verzet op en dreef weg op de golven van de oceaan.

Epiloog

De Domkerk staat er nu nog net zo bij als honderden jaren geleden. Er moet heel wat gebeuren om haar op haar grondvesten te laten schudden. Misschien een orkaan, maar in elk geval meer dan een verborgen muziekstuk. Meer dan een dode tenor op een versleten grafzerk. Mensen, hoe belangrijk ze zichzelf ook vinden, zijn maar voor korte tijd te gast. Kerkmeesters, dominees, cantors, organisten, spelers en zangers, gemeenteleden en toeristen, het zijn passanten. En de Domkerk kijkt op hen neer. Er is er maar een die blijft, en dat is zijzelf. Niet tot in de eeuwigheid, maar langer dan wij.

De herinneringen aan de gebeurtenissen van acht jaar geleden zijn ingehaald door de dagelijkse gang van zaken, maand na maand, jaar in jaar uit. Zelf ben ik het nog niet kwijtgeraakt, al worden de beelden wel waziger.

De Domcantorij is er natuurlijk ook nog, maar om verschillende redenen is het verloop in de laatste jaren zo groot geweest, dat ik na acht jaar het enige cantorijlid ben dat die bizarre, tumultueuze gebeurtenissen heeft meegemaakt.

De eerste die vertrok, was Maria, al na ongeveer een half jaar. Haar meneer moest naar het noorden van het land verhuizen, en zij ging mee.

Ik had niet het gevoel dat ze koste wat kost bij ons had willen blijven. Ze had haar zelfverzekerde uitstraling niet meer teruggekregen. Haar meezingen was plichtmatig geweest, en ik bespeurde iets van opluchting toen ze vertelde dat ze ging vertrekken. We hadden één keer samen gegeten, bij de Rechtbank. We hadden aan een rustig tafeltje in een hoekje voor de eerste en naar zou blijken de enige keer, de tijd genomen om met elkaar te praten. Over wat ons bond: wat er met Vincent was gebeurd, en daarna, op zestieneneenhalve meter hoogte – ik had het nagevraagd – op het triforium.

'Wat deed je er eigenlijk?' vroeg ik na het hoofdgerecht. 'In de Domkerk, bedoel ik, op die dag?'

'Hij had me gebeld,' zei ze. 'Raymond Bloem. Hij zei dat hij me iets heel belangrijks moest laten zien. Iets wat met Vincent te maken had.'

'Zei hij niet wat dat was?'

'Nee. Hij zei alleen dat hij niet meer kwaad op me was.'

'Je wist dus dat hij dat wel was geweest.'

'Ja, en hij was het nog. Alleen zei hij dat niet.'

Dus was ze naar de kerk gegaan, zonder te weten wat de bedoeling was. Naïef, wellicht, maar ze zocht naar een manier om goed afscheid van Vincent te nemen.

'Dat was me niet gelukt,' zei ze. 'Ik kon het niet opbrengen om er met wie dan ook over te praten.'

'We waren er wel, allemaal,' zei ik.

'Het ging niet.' Ze klonk breekbaar toen ze dat zei. Wat er gebeurd was, had haar hard geraakt.

'Raymond zei dat je Vincent had behekst,' zei ik.

'Behekst?' Ze keek me vragend aan. 'Zei hij dat?'

Ik knikte. 'En Posthumus zei dat je een witte heks was. Hij was op zoek naar mensen met een voorkeur voor rituelen.'

'Ja, dat zei hij.' Ze haalde geïrriteerd haar schouders op. 'Maar dat had er helemaal niks mee te maken.'

'Wist Vincent dat?'

'Wat?'

'Dat je een hoe heet het ook alweer bent.'

'Een wicca,' zei ze. 'Dat ben ik helemaal niet. Ik ben er alleen maar in geïnteresseerd. En Vincent vond het allemaal maar flauwekul.'

'Wat was dat nou tussen Vincent en jou?' vroeg ik. 'Of mag ik dat niet vragen?'

Ze deed de deur een eindje dicht. 'We begrepen elkaar,' zei ze. 'Vanaf het begin, en op een bijzondere, zeldzame manier.

Dat had niets te maken met het feit dat ik getrouwd was, en hij homo. We waren zielsverwanten. En die ene zoen, dat was maar in een opwelling.'

'En je meneer?' vroeg ik nog. 'Je man, bedoel ik. Wist die ervan?'

Ze haalde haar schouders op, om aan te geven dat dat er niet toe deed.

'Denk je dat Raymond Bloem me aan mijn lot zou hebben overgelaten, als jij er niet tussen was gekomen?' vroeg ze in plaats daarvan.

Ik aarzelde. 'Misschien wel,' zei ik. 'Hij was zo gek als een deur, op dat moment in elk geval.'

Dat zou afschuwelijk zijn geweest, en ik wilde er liever niet aan denken.

Ze zweeg en keek naar buiten, naar de voorbijgangers in de Lange Nieuwstraat, naar de bus van lijn twee. Ze zag de donkere ruimte met de houten vloer boven de gewelven weer voor zich, vermoedde ik, en haar ogen werden vochtig. Ik legde mijn hand op de hare. Heel even waren we dicht bij elkaar, zo dichtbij als niet eerder. Maar ze schakelde snel terug naar de normale verhoudingen. Ze had haar leven mogelijk aan mij te danken, maar dat was andersom ook zo.

Het was gelijkspel.

Raymond heb ik nooit meer gesproken, al heb ik hem nog wel eens gezien, van een afstand. Dat was bij de rechtbank. Hij werd voorgeleid, beschuldigd van de dood van Vincent, en ook voor poging tot moord op Maria en op mij. We waren allebei opgeroepen als getuige, al had ik tijdens de zaak nauwelijks contact met haar. Ze had ergens schuin achter me gezeten, naast haar meneer. Onze verklaringen waren, denk ik, huiveringwekkend, ondanks de soberheid ervan. Of juist daardoor.

Raymond vermeed elk oogcontact, ook toen ik in de getuigenbank zat. Hij zag er nog onoogliјker uit dan daarvoor, en zijn wereldje was nog maar heel klein, met hemzelf als enige bewoner. Ik bekeek hem met een mengeling van kwaadheid en medelijden.

Gert was er ook, met zijn moeder, en toen ik hen zag, voelde ik me opeens schuldig omdat ik mijn vriendschap met hem verwaarloosd had. Ik was te veel bezig geweest met mijn eigen dingen, met het reilen en zeilen binnen de cantorij, en mijn eigen avontuur.

Van de onverzoenlijkheid van zijn moeder was niet veel te zien, maar ze wilde er toch bij zijn. Om het af te sluiten, zoals ze zei, toen we heel even met elkaar stonden te praten. Maar haar ogen stonden onverminderd treurig, en ze zocht herhaaldelijk steun bij haar zoon, de enige die ze nog over had.

De eis van de Officier van Justitie was acht jaar, met tbs, wegens doodslag en poging tot moord. De advocaat sputterde nog tegen, op grond van verzachtende omstandigheden, maar dat kon hij niet hardmaken. De rechter stemde in met de eis.

Raymond reageerde op geen enkele manier. Hij hoorde het gelaten aan, en liet zich zonder om zich heen te kijken weer meenemen. Ik keek hem op de rug, op zijn gebogen gestalte, zijn schouders opgetrokken. Toen was hij weg.

Die acht jaar zijn inmiddels voorbij. Ik weet niet hoe lang zijn behandeling nog duurt, al heb ik me wel altijd afgevraagd of die sowieso zinvol zou blijken. Om de een of andere reden had ik er niet veel vertrouwen in. Mogelijk zit hij er nog, in de tbs-inrichting recht tegenover Soesbergen, de begraafplaats waar Vincent ligt. Maar het kan ook dat ze hem ergens anders ondergebracht hebben, ik heb daar nooit naar geïnformeerd.

Buiten, op de trappen voor de rechtbank, kwamen Maria en ik elkaar na de rechtszitting tegen. Ze stelde me voor aan haar echtgenoot, die me afstandelijk een handje gaf en me plichtmatig bedankte voor wat ik voor haar had gedaan. Ik had niet de indruk dat hij zich ook maar enigszins bij ons koor betrokken voelde. Waarschijnlijk was hij blij dat hij haar mee kon nemen naar het noorden. Maria, die twee weken daarvoor had meegedeeld dat ze zou vertrekken, stond er wat ongemakkelijk bij. Ik overwoog nog even om hen uit te nodigen voor een kop koffie, maar zag er toch van af. Ik keek haar na, toen ze naar hun auto liep, achter haar meneer aan. Zelf haalde ik mijn fiets van het slot, en fietste het voorjaar in.

Remmelt Wijborch vertrok naar Zuid-Frankrijk. Hij was ontroostbaar toen hij hoorde dat het mysterieuze Sweelinckmotet verloren was gegaan. Hij was het triforium nog op geweest, om te kijken of er iets te redden viel, maar van het papier was niets overgebleven. Eigenlijk vond hij dat Raymond Bloem daarvoor nog eens extra moest worden gestraft. Maar iemand veroordelen voor het vernietigen van iets wat er niet alleen niet meer was, maar waarvan niemand kon bewijzen dat het er ooit wel was geweest, was niet haalbaar. Dat begreep hij zelf uiteindelijk ook wel.

Sjoerd Halbersma nam het verlies grootmoedig op. Hij vond het alleen slordig dat Vincent geen kopie had gemaakt. Toen ik zei dat hij dat misschien wel had gedaan, maar dat het papier tussen de oude kranten terecht kon zijn gekomen, was hij nog naar het papierrecyclingbedrijf gegaan, waar de partituur zich had moeten bevinden. Maar, vertelde hij, toen hij de papierbergen op het overvolle voorraadplein had gezien, was hij ontmoedigd weer vertrokken.

Als er al een kopie was, is die hooguit als krantenpagina weer bij iemand op de deurmat gevallen.

Tot zover Jan Pieterszoon Sweelinck.

Als ik, net als voorheen, in de pauze van de koorrepetitie de kerk inloop en in de verte het gepraat en gelach hoor, lijkt er niets veranderd. En dat is in feite ook zo. Niemand van deze groep heeft de schokkende gebeurtenissen meegemaakt, het zijn allemaal andere mensen.

Ik heb de leden van de cantorij van toen een voor een zien vertrekken. Het vertrek van de een raakte me meer dan dat van een ander, maar zo is het nu eenmaal gegaan.

Corné heeft inmiddels een goedbetaalde baan aan het Haags conservatorium, en doet er voor de aardigheid nog een paar koren bij. De Domcantorij is de Domcantorij gebleven, onder een andere cantor.

Alle plaatsen zijn door anderen ingenomen, en daarbij zijn mensen bij wie ik me prettig voel, ook volgens verwachting.

Alleen het vertrek van Julia maakte me mistroostig. Ze had haar studie microbiologie afgerond en ging onderzoek doen aan de universiteit van Maastricht. Ik vond het helemaal niks, maar ik had er niets over te zeggen natuurlijk, zo gaan die dingen. De wereld is een stuk groter dan Utrecht alleen.

Ik ging nog één keer met haar uit eten, en daarna naar een kroeg. Het was een avond vol gemengde gevoelens, als ik die van ons tweeën bij elkaar optel. Die van mij waren vooral melancholiek, terwijl die van haar waren gericht op haar nieuwe plek in de wereld. Toen ik naar huis fietste, had ik me oud gevoeld.

Alles is, zoals gezegd, hetzelfde gebleven. Hetzelfde hoge muzikale niveau, dezelfde rode koorkleden, en dezelfde carrousel van kerkdiensten en concerten. Heel vertrouwd.

Voor mij was dat niet vanzelfsprekend. De gebeurtenissen hakten er dieper in dan ik wilde.

We waren al een tijd verder, en ik hield er al geen rekening meer mee, toen dat plotseling begon op te spelen.

Alleen al het binnengaan van de kerk was genoeg om me onrustig en angstig te maken, en keer op keer werd ik bevangen door duizelingen als Raymond uit de diepte omhoog werd gehesen.

Een tijdlang ook verjoegen nachtmerries de slaap. Nachtmerries, waarin Raymond viel, of ikzelf. Een eindeloze val, traag en pijlsnel tegelijk, totdat ik wakker werd van mijn eigen geschreeuw. Nacht na nacht, en ik sukkelde langzaam weg in een flinke depressie, waarvan ik dacht dat ik er nooit meer uit zou komen.

Tot ik de hulp inriep van de therapeut, met wie ik al eerder in gesprek was geweest. Hij koos voor de confrontatie.

'Kijk er maar naar,' zei hij, terwijl we, na een aantal gesprekken, op een middag samen in de kerkbank zaten. Achter in de kerk, ver bij de gebrandschilderde ramen vandaan. 'Kijk naar die val, naar die diepte.'

Ik durfde niet. Ik hoefde niet eens echt te kijken, omdat ik de bewuste plek niet kon zien.

Hij zat naast me en pakte mijn hand. 'Je bent veilig,' zei hij. 'Er kan je niets gebeuren. Haal het naar voren. Kijk ernaar.'

Ik keek ernaar en kromp ineen van angst.

'Zo lang als je durft,' zei hij.

Ik keek ernaar zo lang als ik durfde. Steeds langer en langer, tot ik na een paar zittingen de hele nachtmerrie aan me voorbij zag trekken en merkte dat ik nog steeds in de kerkbank zat en niet was gevallen.

Naarmate de tijd verstreek, merkte ik dat ook van de ergste gebeurtenissen de scherpe kanten af gaan.

De volgende en wellicht laatste stap was, dat ik vanaf de begane grond wérkelijk omhoogkeek naar die hoge plek, meer dan vijftien meter boven de grond, die plek op de kruising van de horizontale en verticale stenen lijst die de gebrandschilderde ramen in vieren verdeelden. De eerste keer dat ik dat deed, stond hij naast me.

'Je bent niet gevallen,' zei hij. 'Niemand is gevallen.'

Ik knikte.

'Zeg het maar hardop.'

'Niemand is gevallen.'

'Zo is het. Heb je trouwens je beschermengel al bedankt?'

'Hè?' Ik keek hem vragend aan.

'Je wilt toch niet zeggen, dat je geen beschermengel hebt?' vroeg hij me, bloedserieus.

Daar dacht ik over na, terwijl ik om me heen keek. Het was zo goed als een wonder dat het allemaal goed was afgelopen, als ik daar nog eens goed over nadacht.

'Ja.' Ik keek opzij. 'Ik heb een beschermengel.'

Zo nu en dan doe ik het, zoals gezegd, in de pauze van de koorrepetitie: de kerk inlopen, tot aan de banken onder het orgel.

Dan kijk ik naar die plek onder de grote bloeddruppels. Die plek die me elke keer meedeelt dat ik nog leef. Dat ik er zaterdag weer bij ben, als we op het hoogkoor staan bij ons concert.

Dan sta ik op en loop op mijn gemak terug naar de zangers voor de deur van de sacristie.

Dankwoord

Dank je wel,
Jeannette. Jij stond tenslotte aan de wieg van dit project,
Els, voor je kritische meelezen en het juiste advies op het juiste moment,
Peter, voor je hulp bij het invullen van het laatste hoofdstuk,
Lotte, voor je onmisbare bijdrage aan de brief, die in het verhaal zo'n grote rol speelt.

Bronvermelding

Graven en begraven in de Dom van Utrecht, door drs. P. Borst, drs. A. de Groot, drs. Jonker-Klijn, R. Roks.